Bordesholmer Edition

Herausgeber: Jürgen Baasch
Umschlaggestaltung: Reiner Behrens /
Ingrid Brandenburger
2019

Wege und Begegnungen

Texte aus der Schreibwerkstatt im Turm

Inhalt

Vorwort

Alles, was uns im Leben begegnet, prägt uns. Wären wir anderem begegnet, hätten sie uns anders geprägt. Begegnungen bereichern das Leben.
Dieses Buch enthält kleine und größere Texte von Begegnungen. Es handelt von Freude und Angst, von Liebe und Abneigung. Und manchmal von überraschenden Zufällen.
Dieses Buch handelt von selbstbewussten und weltoffenen Menschen, die in Begegnungen wachsen. Die Brücke der Begegnung ist Entgegenkommen, heißt Miteinander.
Jede Begegnung ist ein Abenteuer mit unbestimmtem Ausgang. Nach einer tiefen Begegnung bleibt Liebe oder Sehnsucht.
Es ist richtig, dass die Probleme unserer Gesellschaft komplex und unübersichtlich sind. Falsch ist, dass sie so unübersichtlich und komplex sind, dass man sie besser nicht anpackt. Richtig ist, dass Begegnungen und Austausch zur Problemlösung beitragen.
Die Texte in diesem Buch sind von Menschen geschrieben, die in verschiedensten gesellschaftlichen Zusammenhängen leben. Das macht ihre Begegnungen so vielfältig, interessant und lebendig.
Entstanden ist das Buch im Rahmen der „Schreibwerkstatt im Turm". Ambitionierte Hobbyautoren unterstützen sich hier gegenseitig bei der Arbeit an ihren Texten.

Jürgen Baasch

Elisabeth Albert

Dann beschloss sie, umzukehren.

Es war noch vor der Reisesaison und in der weitläufigen Flussoase im Süden Marokkos war es still. Das Leben der Bewohner ging seinen gewohnten Gang mit den ständigen Reparaturen an den Lehmhäusern, dem Versorgen der Tiere und der Feldarbeit für die Männer und den ebenso umfangreichen wie immer wiederkehrenden Hausarbeiten für die Frauen. Lediglich die Kinder hatten schon Schulferien und lungerten an den Waschplätzen bei den Sielen der Bewässerung herum. Besonders die Jungen, die Mädchen wurden schon früh zur Mithilfe im Haus herangezogen.

Maleena hatte sich in einer Siedlung am Rande dieser Oase einquartiert. Der eine oder andere aus dem Dorf hatte sie auf ihren Spaziergängen gesehen, ihren höflichen Gruß erwidert und ihr erstaunt nachgeblickt. Man sah natürlich, dass sie aus der Fremde kam, an der Kleidung, ihrer Hautfarbe, an der Tatsache, dass sie oft alleine unterwegs war. Einmal begannen zwei halbwüchsige Jungen, ihr Steinchen nachzuwerfen. Sie blieb stehen, drehte sich um und forderte sie höflich auf, damit aufzuhören. Auf arabisch. Die beiden rissen verblüfft die Augen auf und liefen weg. Den kleineren Kindern winkte sie zu und lächelte dabei. Diese kicherten und winkten zurück.

Lediglich in dem kleinen Hotel kannte man die Deutsche inzwischen gut. Sie war recht beliebt, weil sie so unkompliziert war. Abends spielte sie mit dem Hotelpersonal Flixmix, wobei es dann immer sehr fröhlich zuging. Bei so einer Gelegenheit hatte sie auch ihren regionalen Namen erhalten. Said, der Sohn des Besitzers hatte „Aisha" ausgewählt und alle hatten gelacht und sie willkommen geheißen. Auch Ali, Saids taubstummer Bruder, hatte sich mitgefreut.

Man hatte sich daran gewöhnt, dass sie meist allein in der Gegend umherstreifte. Nach wenigen Tagen wusste sie schon ganz gut Bescheid in der kilometerlangen Oase, und dehnte ihre Streifzüge immer weiter aus. Sie liebte es, einfach loszugehen, es gab so viel zu entdecken! Die Gräben, die Lebensadern dieser riesigen Oase, faszinierten sie besonders: oft mehrere Meter tief, mit steilen Wänden, sorgfältig von Hand ausgeschaufelt. Über Generationen hatten die Menschen die Bewässerung immer wieder verbessert, Durchlässe zu den Parzellen gebaut, mühsam die Schäden an den Böschungen repariert. Wie nur hatten die Erbauer die Gefälle berechnet, dass das kostbare Wasser des Flusses auch bis zu den äußersten, allerletzten, kilometerweit entfernten Feldern der weitläufigen Oase fließen würde? Das Ganze - ein Meisterwerk der Wasserbauer!

An jenem Tag war sie einer Karrenspur gefolgt. Rechts und links des Wegs wurde Getreide und Gemüse angebaut, man war bei der Feldarbeit. Ein Esel, bis über die Ohren mit Grünzeug beladen, trottete mit gleichmütiger Mine an ihr vorbei. Einige der Felder waren frisch geflutet und standen noch unter Wasser, auf anderen grünte es üppig, wieder andere waren schon abgeerntet. Manchmal versperrte eine schulterhohe Mauer aus geschichtetem Lehm den Blick. Maleena bog ab, um zu einer verfallenen Lehmhütte zu gelangen. Die war wohl schon lange nicht mehr bewohnt, das Dach über der Tür war eingesunken, die Fenster leer. Maleena fragte sich, wer hier wohl mal gewohnt hatte. So fernab jeder Siedlung. Sie kam an eine Brücke, gerade breit genug für einen Eselskarren oder einen kleinen Traktor und, wie dort üblich, ohne jede seitliche Begrenzung. Eine Weile schaute sie den Wirbeln des Wassers zu, lauschte dem leisen Singen und verlor sich in Träumereien.

Dann beschloss sie, umzukehren. Sie hob den Kopf. Ihr

Blick suchte die Bergspitzen des Djebel Saghro, der über den Palmen zu sehen war. Aber die sahen von hier so anders aus! Sie fand die vertraute Scharte, an der sie sich sonst immer orientiert hatte, nicht wieder. Wo lag das Dorf? Sie hatte gar nicht gemerkt, dass die Sonne schon so tief im Westen stand und die Menschen von der Feldarbeit nach Hause gegangen waren. Da war niemand mehr, den sie fragen konnte. Kein rumpelnder Eselskarren, kein knatterndes Moped, keine schwatzenden Stimmen, keine raschelnden Handsicheln, keine schlurfenden Schritte. Nichts. Nur das leise Glucksen des Wassers in den Gräben, ansonsten Stille. Sie vermisste den Ruf des Muezzin. Seine näselnde Stimme tönte doch sonst bei Beginn der Dunkelheit aus dem Lautsprecher des Minaretts und war bis weit über das Dorf hinaus zu hören. Jetzt lag Stille über der Oase.

In Minutenschnelle war der Himmel dunkel, hier gab es keine Dämmerung. Sie konnte nur noch den hellen Sand des Weges erkennen. Ihr Herz klopfte bis zum Hals und sie fröstelte. Ratlos drehte sie sich um sich selbst. Ihr Kopf war plötzlich so leer und sie fragte sich, von wo sie gekommen war. Wenn sie jetzt im Dunkeln in einen Graben fiel, könnte es das Ende sein. Die Menschen waren fern in ihren Häusern, keiner würde ihr Rufen hören. Ihr war klar, dass niemand wusste, wohin sie gegangen war.

Sie griff in die Jackentasche und zog ihr Handy hervor, klappte es auf. MEDITEL hatte keinen Empfang. Der Akku war fast leer. Sie starrte auf das Display. Dann atmete sie tief ein und setzte sich in Bewegung. Sie hoffte, bald wieder auf die verlassene kleine Hütte mit den hellen Lehmwänden und dem eingefallenen Dach zu stoßen. Vorhin noch waren kleine bunte Vögel durch die Fensteröffnungen aus- und ein geflogen. Sie hatten dabei kurze helle Rufe ausgestoßen. Nein, kein Haus, keine Vögel. Statt dessen Stille. Maleena hielt sich so gut wie möglich in der Mitte des Weges und blickte immer wieder nach oben in der Hoffnung, Sterne zu sehen, die ein wenig Helligkeit bringen würden. Auf den Mond konnte sie kaum hoffen, es war erst wenige Tage nach Neumond. Ihr wurde kalt. Der Weg gabelte sich. Beide Seiten sahen irgendwie gleich aus. Der rechte Weg war wohl etwas mehr ausgefahren, also nahm sie diesen. Der würde am ehesten zu einer Siedlung führen- oder aber bloß zum Fluss. Sie setzte die Füße mechanisch voreinander, immer mit allen Sinnen auf ihre Umgebung gerichtet. Sie hatte panische Angst vor Schlangen.

Früh am Nachmittag war sie an einem Feld mit frisch gemähter Luzerne vorbeigekommen und ihr war noch der herbe Duft in Erinnerung. Jetzt nahm sie überhaupt keinen Geruch wahr. Sie blickte wieder auf ihr Handy, hielt es mit gestrecktem Arm hoch, drehte es in alle Richtungen, ohne ein Signal zu erhalten. Aber einige Sterne waren über ihr zu sehen. Jetzt konnte sie wenigstens den Weg und die seitlichen Gräben unterscheiden. Plötzlich fuhr sie herum. Hinter ihr war ein kurzes Klatschen zu hören. Maleena hielt den Atem an und lauschte angestrengt. Fische gab es hier nicht wegen der vielen Staustufen. Aber das Feld dort drüben schien unter Wasser zu stehen, daher musste das Geräusch gekommen sein. Alles blieb still.

Sie versuchte, das Summen in ihren Ohren auszublenden, und auf andere Geräusche zu achten: Schritte, Motoren, Stimmen, Rufe. Aber da war nichts. Menschen zu treffen könnte ihre Rettung bedeuten - oder am Ende sogar gefährlich werden.

Sie schüttelte energisch den Kopf und beschloss, weiterzugehen. Dabei wusste sie nicht, ob sie auf das Dorf zuging, oder sich immer weiter entfernte. Ein Querweg. Rechts oder links gehen? Da der Palmenbestand links etwas lichter war, bedeutete dies mehr freie Ackerfläche, etwas mehr Licht. Sie wandte sich nach links. Der Weg machte eine Biegung und sie sah in einiger Entfernung etwas größeres Helles in der Mitte der Spur. Abrupt blieb sie stehen und starrte wie gebannt auf die Erscheinung. Der helle Fleck schien sich zu bewegen – und verschwand. Sie horchte angestrengt, ob da ein Ruf war, eine Stimme, ganz in der Ferne. Sie ging schneller, fing an, zu laufen. Da sah sie ihn wieder, diesen hellen Fleck, und sie sah, dass er sich bewegte. Ein gehender Mensch. Sie rief, immer wieder, doch die Erscheinung schritt gleichmütig weiter. Atemlos blieb sie stehen. Das war ein Mensch! Ein Mensch in Männerkleidung, der bodenlangen Gandoura, dem Chech. Er reagierte nicht, obwohl er sie doch gehört haben musste! Plötzlich lachte sie, lief wieder los, überholte die Gestalt, wandte sich ihr zu und breitete die Arme aus. Der Mann streckte ihr seine Hände entgegen und lächelte breit. Maleena wusste, jetzt würde alles gut werden: der taubstumme Ali würde sie zurück in das Dorf geleiten.

Elisabeth Albert

Lange geschoben und weit geflogen.
für meinen Enkel Niko

Am Wegrand stand eine mächtige Eiche, daneben ein kleiner Stellplatz. Gerade ausreichend für mein Auto. Ich wollte mir diesen wunderlichen Stein, der auf meiner Karte als „Teufelsstein" eingezeichnet war, ansehen. Das stimmt! Ein wahrer Koloss! Fast wie der mächtige Bug eines sinkenden Schiffes ragte er aus der Erde, grau und mit grünlichen Moosinseln gesprenkelt. Ich war schon mal von seiner Größe sehr sehr beeindruckt - aber das war unbedeutend gegen alles, was dann kam.

Ich hatte mich auf die Besucherbank gesetzt und sinnierte so vor mich hin, als mich ein Geräusch aus meinen Gedanken aufscheuchte. Eine Stimme ertönte: „Na??" Fragend, etwas spöttisch. Ich fuhr herum - da war niemand. Hatte mich wohl irgendwie verhört...

Gerade saß ich wieder, da ertönte sie erneut: „Hör mal zu!" Nicht zu fassen: der Stein hatte eine Stimme! Ich stand auf, ging dicht zu ihm und fragte „Ja? Und?" Keine Antwort. Ich versuchte es noch einmal: „Was ist mit dir? Erzähl mal!"

Und da war sie wieder, die geheimnisvolle Stimme: „Eigentlich komm ich aus S-sweden, aber das ist ein Weilchen her. So 20 000 Jahre. Ich musste eine große Reise machen. Die dauerte lange und war ziemlich unbequem für mich: Ich war unter einem dicken Gletscher eingeklemmt und der schob mich einfach immer weiter voran. Vorher hatte ich in Süds-sweden gelegen, am Ende kam ich fünfhundert Kilometer weiter hier in S-sleswig-Hols-stein an".

„Ach so", sagte ich. „Deshalb hast so einen kleinen schwedischen Akzent..."

„Ja, genau," antwortete er und fuhr dann fort: „Am Felmer Berg blieb ich liegen, weil der Gletscher langsam schmolz. Das war da wohl s-su warm für ihn."

Er schwieg ein Weilchen, so, als müsse er sich auf seine Vergangenheit besinnen. Doch dann holte er tief Luft und fuhr fort: „Um mich herum wuchsen erst nur Gräser, dann Büsche und schließlich sogar Bäume. Es wurden immer mehr, bis aus dem Gebüsch ein Wald geworden war. Darin liefen Tiere herum und irgendwann kamen auch Menschen. Vorher waren noch keine da gewesen. Sie blieben und bauten sich Hütten. Mit der Zeit vermehrten die Menschen sich, und probierten allerlei aus. Manches war gut: sie bauten Häuser, legten Wege an, machten sich Boote, zähmten wilde Tiere und säten Getreide. Manchmal feierten sie ein Fest und hinterher waren alle betrunken. Manchmal s-sankten sie sich auch und nannten das „Krieg", dann waren hinterher alle traurig. Aber die meiste Zeit mußten sie s-sowies-so arbeiten."

Der Stein verstummte. Vielleicht, weil ein Landwirt mit einem schweren Traktor vorbei fuhr?

Nach einem Weilchen hüstelte er etwas geziert und fuhr fort: „Ich kann diesen Auspuffqualm von Treckern nicht so gut ab... Na ja: Zuerst hatten diese Menschen mehrere Gottheiten. Die mussten sie bei guter Laune halten oder s-sich bei ihnen bedanken, wenn etwas Gutes geschehen war. Dann schenkten sie ihnen Opfergaben. Es ist noch gar nicht so lange her, etwa 700 Jahre, da kamen Fremde von weit her und erzählten seltsame Geschichten von einem Christus, und dass die vielen Götter nicht richtig seien. Meine Menschen hörten sich das schon mal an, aber sie wussten nicht, ob es s-stimmt. Es gab viel Unruhe deswegen. Der Teufel, der überall durch die Wälder streift und manchmal auch durch die Luft fliegt, fand das alles garnicht gut. Er wird sowieso s-snell mal wütend und macht dann ziemlich schlimme Sachen. Er ärgerte sich, weil die Fremden schlecht über ihn redeten".

Als der Stein hier wieder eine Pause machte, löste sich eine Krähe aus der Eiche und segelte auf den Stein hinab. Von dort blickte sie mit ihren schwarzen Knopfaugen zu mir hinunter und hielt dabei ihren Kopf horchend schräge.

Worauf der Stein fortfuhr: „Dann bauten die Fremden auch noch in Gettorf ein schönes großes Haus und nannten es „Kirche". Sie sagten, es s-sei für ihren Gott und der Teufel dürfe es nicht betreten. Und da war das Maß voll: Der Teufel war so wütend, dass er beschloss, das schöne Haus für den fremden Gott kaputt zu machen. Ja, und weil er gerade neben mir am Felmer Berg saß, langte er zu, hob mich auf und warf mich mit aller Kraft durch die Luft zu der Kirche hin. Nun hatte er aber vor lauter Wut nicht so richtig gez-sielt und ich flog knapp an der Kirche vorbei und fiel hier bei Groß Königsförde auf diesen Acker. Das gab eine gewaltige Erschütterung, als ich runterkrachte und ich grub mich tief in die Erde hinein. Der untere Teil von mir ist dadurch nicht mehr zu sehen. Also: Wie gesagt, der Teufel hat die Kirche nicht getroffen, aber der Kirchturm ist doch ein bisschen schief geworden, wahrscheinlich vor S-schreck".

Hier entstand eine Pause und dann murmelte der Stein: „Sprechen ist so anstrengend. Ich bin jetzt ganz müde".

Ich bedankte mich bei ihm für seine Geschichte und versprach, alles, was er mir erzählt hatte, gewissenhaft aufzuschreiben. „Das ist gut", meinte er schließlich, „ich habe das schon öfter erzählt, aber es hört immer nur die Krähe zu".

Auf dem Heimweg kam ich durch Gettorf und fuhr zu der Kirche. Und?? Tatsächlich: Der Kirchturm steht schief.

Elisabeth Albert

Lupo

für meinen Enkel Matti

Der alte Mann war ganz nett. Komischerweise wusste er schon alles über mich, als ich endlich bei ihm ankam. Er wusste, dass ich ein schreckliches Erlebnis gehabt hatte, dass in dem Haus meiner Familie Feuer ausgebrochen war. Und er wusste auch, dass die Tür zu meinem Zimmer nicht aufgegangen war, und die Flammen mich auf grausame Weise getötet hatten.

Ach...

Meine Seele, - oder jedenfalls das, was noch von mir übrig war -, konnte fliehen und machte sich auf die Reise, zu eben jenem Tor, zu dem wohl alle Seelen erst einmal reisen, wenn sie ihren Leib verlassen haben.

Aber bevor ich weiter berichte, sollte ich wohl noch erwähnen, dass ich in meinem Erdenleben ein Hund war. Ein ganz junger hübscher Hund mit glänzendem Fell und seidenweichen kleinen eleganten Ohren. Ich hieß Lupo und manchmal wurde ich auch Snoopy gerufen.

Am Tor zum Jenseits saß also der alte Mann mit seinem langen weißen Bart. Er sah mich freundlich an, tippte etwas in seinem Tablet und sagte schließlich: „Ich sehe, du hattest nur ein kurzes Leben,- sehr kurz. Da könnte ich dir ein Kulanzangebot machen. Möchtest du vielleicht nochmal für eine Weile auf die Erde zurück? Das ließe sich machen."

„Wieder zurück?", fragte ich, „wie geht das?"

„Nun du könntest zur Erde zurückreisen, so wie du bist. Deinen Körper kann ich dir nicht mitgeben, von dem ist zu wenig übriggeblieben."

Ich dachte nach.

„Und was mache ich da?" fragte ich schließlich.

Mein Gegenüber meinte, so ganz genau wisse er das auch

18

nicht. Sein Programm würde das nicht hergeben. Er könnte bloß feststellen, dass ganz jung verstorbene Hunde einerseits direkt Engelchen werden könnten. Die seien dann für das Frohlocken zuständig. Alternativ könnten sie auf die Erde zurück, als Hundeschutzengel, oder sowas in der Art.

„Ich könnte dich vielleicht sogar upgraden, auf Mensch oder so" ergänzte mein Gegenüber, nachdem er sich noch einmal mit seinem Tablet beschäftigt hatte.

‚Krass!', dachte ich, ‚der beleidigt mich und kriegt das nicht mal mit!'. Und dann war da plötzlich ein dicker Knoten in meiner Seele: So wütend war ich!

Ich war stolz, ein Hund zu sein! Ein Hund mit allerfeinster Abstammung: Mein Vater war der unbestrittene König aller Hunde in seiner Straße und meine Mutter war berühmt für ihre Klugheit: Wenn ihr Herrchen seinen Schlüssel verschusselt hatte und verzweifelt suchte, war immer sie es, die ihn schließlich herbeischleppte. Und als Baby war ich so niedlich, dass meine Mutter mich überall rumgezeigt hatte. Und jetzt sowas!

Ich schwieg, schwieg lange. Er blickte mich schließlich fragend an, da hinter mir in der Warteschlange Unruhe entstand. Ich beschloss, das mit dem Rassismus bei meinem nächsten Ableben zur Sprache zu bringen und erst einmal meine neue Chance zu ergreifen.

„Als Hund, natürlich!" sagte ich

Kaum hatte ich zugestimmt, fand ich mich auf der Erde wieder, in der Welt, die ich kannte. Aber was war ich denn nun eigentlich? Gefühle, Gedanken, Erinnerungen, alles zusammen und doch irgendwie nichts Greifbares. Eine Hundeseele eben. Ich streifte umher, war ruhelos, hatte keinen Plan und musste viel weinen.

Dann kam der Durchbruch: Ich fand heraus, was ich machen sollte: Wenn ich mich sehr sehr konzentrierte, konnte ich eine Energie aussenden, die bei meinen

Hundekollegen eine Art Aktivierung hervorrief. Das erste Mal erkannte ich dies, als ein Junghund, sozusagen im Hundekindergartenalter, verspielt und ohne aufzupassen hinter einem Ball her auf eine Straße lief. Ein Auto kam, ich musste ihn warnen! Sofort! Meine Seele zitterte vor Aufregung, aber Irgendwie gelang das mit der Energie, das Hundekind stutzte, sah das Auto und drehte um. Ich jubelte in meiner Seele, jetzt wusste ich, wie es geht!

Ein anderes Mal sah ich, wie ein Menschenkind in ein Wasserloch fiel. Es versuchte eine Weile, herauszuklettern, schaffte es aber nicht. Dann begann es jämmerlich zu weinen, aber niemand hörte es. Vor dem Nachbarhaus saß ein großer schwarzer Hund. Ich schaffte es, ihn mit meiner Energie zu aktivieren und er bellte so lange, bis Menschen kamen und das Kind aus dem Loch zogen. Das Kind sah ich nie wieder, aber dem schwarzen Hund sollte ich später wieder begegnen. Damals hatte ich nur gehört, dass er ‚Rollo' hieß.

So war eine gewisse Zeit vergangen und ich hatte viele glückliche Hilfserlebnisse gehabt. Dann kam ein Tag, der alles veränderte: Ich sah durch ein Fenster einen Hund auf einem Tisch liegen, völlig reglos, also schlafend. Und, - das war ganz entsetzlich -, ein Mann in einem grünen Mantel nahm ein Messer und setzte an, den Hund zu schneiden. Ich aktivierte all meine Energie, um den armen Hund aufzuwecken, damit er fortlaufen könnte. Dieser hob auch richtig den Kopf und bewegte seine Füße. Der Mann zögerte und tat irgendwas am Kopf des Hundes. Und dann lag das arme Tier wieder ganz still und der Mann schnitt an ihm herum.

Es war entsetzlich, mein Herz blieb fast stehen und ich flüchtete in Panik. Ich konnte mich überhaupt nicht wieder beruhigen. Dauernd musste ich daran denken, denn die Erinnerungen verfolgten mich wie dunkle böse Schatten. Mir war unbegreiflich, warum ich so versagt hatte.

Es war eine sehr schwere Zeit, und sie dauerte sehr lange. Dann traf ich Rollo wieder. Er sah noch genauso aus, wie damals mit seinem zotteligen schwarzen Fell. Er kratzte sich auch noch immer mit seinen großen Pfoten an den Ohren und fuhr am liebsten Trecker. Er sagte, ich müsste ihm ganz genau erzählen, wie das alles ausgesehen hatte. Ich beschrieb ihm den komischen grünen Mantel von dem Mann und dass er sowas wie einen Maulkorb getragen hatte. Und jetzt kommt die Lösung: Rollo wohnte auf einem Bauernhof und kannte sich dadurch auch mit Tierärzten aus. Er erklärte mir, was es mit einer Narkose auf sich hat, und dass man wirklich nichts davon merkt und keine Schmerzen hat. Und dass manchmal etwas geschnitten werden muss, damit man hinterher wieder gesund werden kann. Oh, wie war ich erleichtert! In meiner Seele wurde es wieder licht und hell.

Später verloren wir uns aus den Augen. Sozusagen, denn wir waren zwar Freunde geworden, aber er hatte mich ja nie sehen können. Es gab nämlich eine himmlische Rückrufaktion: Da waren zu wenig Chorsänger. Seitdem bin ich im Himmel. Ich kam zu den Wölfen und ich muss sagen: Wir haben es echt gut hier, viel Zeit zum Spielen und nur ab und zu Chorübungen. Ich bekam sogar Unterricht in Wolfsgesang. Vorher konnte ich ja nur bellen, jetzt habe ich gelernt, zu Heulen. Immer wenn Vollmond ist, geben wir ein Konzert für Alle, mit Lobpreisungen, die ganze Nacht. Echt toll!

Störe mich nicht!
Altweibersommer

„Stör' mich jetzt nicht!"
flüsterte sie,
wartend an der Zypresse
auf den nächsten Windhauch.
„Darf ich dir zuschauen?"
„Wieso das?"
„Woher weißt du
das Netz zu spinnen?"

„Ich weiß es nicht,
ich beginne einfach
und fahre fort und fahre fort
bis es vollendet ist."

Der Wind trägt sie
an silbern glitzerndem Faden
zu dem Hainbuchenzweig.
Von dort schwingt sie
zur Zwergfichte,
um dann emsig ihr zartes Kunstwerk
mit Kreisen vollendeter Schönheit
zu fertigen.
Vom Kirchturm
schlägt es elf.

Elisabeth Albert

Und es gab viel Gerede

Wenn man der Straße folgte, sah man seitlich das Ufer des Sees, dann kam man durch ein Waldstück, und schließlich zu dem Dorf. Gepflegte Vorgärten mit streng rechteckigen Beeten, sauber geputzte Fenster, gefegte Rinnsteine und vor den Häusern biedere Autos. Ein Hauch von Ruhe, Gleichmaß und Bedächtigkeit schwebte durch die Häuserreihen. Lediglich das holprige Kopfsteinpflaster der Dorfstraße unterbrach diese genormte Eintönigkeit mit einem feinen Ungehorsam: Es zwang die Fahrer der Autos mit schöner Regelmäßigkeit zu unerwarteten Brems- und Ausweichmanövern.

Zu Beginn des Sommers war ein Fremder in die kleine alleinliegende Kate am Dorfrand gezogen, still und unauffällig. Keiner hatte ihn vorher gesehen, keiner kannte ihn. Man erfuhr lediglich seinen Namen. Martin Groß hieß er, ein Allerweltsname. Er hielt sich aus allem Dorfleben raus, ging nicht in die Feuerwehr, nicht in den Schützenverein, oder wenigstens in den Dorfgasthof. Nein, er kaufte auch nicht im Nachbardorf ein, wie die anderen Leute. Er pflegte keine Nachbarschaft, grüßte nur immer kurz im Vorbeigehen. Dies zwar nicht direkt unfreundlich, aber eben auch nicht mehr.

Wie alt mochte er sein? So Anfang dreißig, schätzten die Leute. Er war groß und sah gut aus, vielleicht ein wenig fremdländisch mit seinen tiefdunklen Augen. Einige Mädchen hätten ihn gerne näher kennengelernt, aber er wich aus, ging auf kein Augenzwinkern ein. Wovon lebte er? Man sah ihn an den Werktagen sehr früh morgens an der Haltestelle, wo der Bus in die Stadt hielt. Und am späten Abend kam er mit demselben Bus zurück, um geradewegs und ohne Umschweife den Weg zu seinem Häuschen einzuschlagen.

Anfangs gab es im Dorf viel Gerede. Man fragte sich, woher er wohl käme und warum er nicht reden möchte, wieso er immer so schnell in sein Haus ginge und was er denn überhaupt hier wolle. Man vermutete dieses und jenes, fand aber keine Antworten. Schließlich waren die Leute es leid, ihn zu beobachten und wandten sich anderen Themen zu. Ein gewisser Argwohn blieb.

Im Sommer traf man sich am Dorfausgang bei den letzten Häusern. Hier war das Ufer flach und es gab eine kleine Badestelle. Ganz früher war dies einmal die Viehtränke für die Rinder gewesen. Doch als man die Tiere auf eine andere Weide gebracht hatte, entdeckten die Kinder des Dorfes die Stelle für sich zum Baden. Es war ein malerisches Plätzchen, eine Lücke im Schilfgürtel mit einer kleinen sandigen Bucht. Ein Weidenbusch spendete Schatten, wenn es zu heiß wurde.

Eines Tages hatte ein klapperiger Kleintransporter ein Paddelboot gebracht, es an der Badestelle abgeladen und war wieder davongefahren. Von jetzt an hatte der Fremde ein Boot. Dieses war alt: Das Sitzbrett mehrfach repariert, die früher blaue Farbe fast überall abgeblättert, der Name unleserlich und das Stechpaddel an den Rändern schon ein wenig zerfasert. Jetzt sah man ihn oft abends ganz allein weit draußen auf dem See. Er hatte das Paddel eingezogen und las in einem Buch, bis die Dunkelheit einbrach und das Licht nicht mehr zum Lesen ausreichte.

Gegen Ende des vorigen Sommers, an einem schwülen Abend, war der Fremde wieder mit seinem Boot auf den See hinausgefahren, ungewöhnlich weit sogar. An der Badestelle war es leer geworden, denn im Westen grollte es und der Himmel zog sich zu. Mit rasender Geschwindigkeit wälzte sich eine Wolkenbank herauf, düster, schwarzgrau. Heftige Sturmböen fetzten über den See und wühlten das Wasser auf, ein Gewitter. Grelle Blitze schossen in die Wasserfläche, tödlich für jeden Menschen in einem Boot auf einem See. Die Dörfler flüchteten in ihre Häuser.

Am nächsten Tag fehlte das Boot an der Badestelle. Auch am folgenden. In Windeseile machte ein Gerücht die Runde im Dorf: Der Fremde sei verschwunden. Die Polizei wurde verständigt und die Beamten klopften an die Tür der kleinen Kate. Keine Antwort, nichts regte sich. Sie blickten durch die Fenster, in das spärlich möblierte Zimmer, niemand war dort. Eine groß angelegte Suche begann: Ein Polizeiboot suchte die Wasserfläche ab. Dann Taucher den Seegrund. Feuerwehrleute durchkämmten die Uferzone und am nächsten Tag kreiste ein Hubschrauber über dem Schilfgürtel. So niedrig, dass die Wasservögel erschreckt aufstiegen und die Schilfhalme im Windstrom hin und her peitschten. Dann, nicht weit entfernt von der Badestelle: Ein Boot. Man zog es an Land. Es war das Boot des Fremden. Von dem Mann keine Spur. Im Schilf dümpelte lediglich ein deutsch-französisches Wörterbuch. Seltsam, sehr seltsam.

War er ertrunken? Vom Gewitter überrascht und vom Blitz getroffen? Hatte er seinem Leben vielleicht sogar selbst ein Ende gesetzt? Warum fand man ihn nicht? Nach einem Monat brach die Polizei die Suche ab. Man ging davon aus, dass er wohl tot sei. Im Dorf wurde wieder viel getuschelt, man spähte immer wieder auf den Schilfrand, meinte irgendwann, eine treibende Leiche zu sehen. Doch es war ein Stück Holz. Niemand wagte mehr, im See zu baden und die Badestelle verwaiste. Das Boot lag immer noch verlassen im Schilf. Später beruhigten sich die Gemüter wieder und im folgenden Sommer erlaubten einige Eltern ihren Kindern sogar, wieder im See zu baden.

Zur gleichen Zeit brach am Horn von Afrika ein Tag an, morgens bereits so unerträglich heiß wie die Tage zuvor. In der französischen Militärbasis in Dschibuti wurde es lebendig. Der Dienst für die hier stationierten Soldaten begann. So auch für Maurice Legrand, der seit einem Jahr hier bei der französischen Fremdenlegion seinen Dienst versah. In jener Gewitternacht, als er auf dem See nur um Haaresbreite dem Tod entgangen war, hatte er endlich seinen Entschluss umgesetzt. Er hatte ein neues Leben begonnen. Radikal und unwiderruflich. Jene unglückliche Liebe, die zu diesem Schritt geführt hatte, verlor langsam an Bedeutung. Er hatte hier, bei seinen Kameraden, eine neue Heimat gefunden.

Jürgen Baasch

Der Onkel

Er wurde „Zuchtmeister" genannt und „Kärrner", ebenso „Onkel". Ablehnung und Bewunderung begleiteten seinen harten Lebensweg. In seiner Zeit hat er wie sonst wohl nur Franz Josef Strauß in der deutschen Politik polemisiert und polarisiert. Ungerührt und gleichgültig blieb Herbert Wehner niemandem. In der Sozialdemokratie war er gefürchtet, geachtet und geliebt. Wird heute die Klage laut, es gäbe keine Persönlichkeiten oder Charakterköpfe mehr in der Politik, wird neben einigen anderen schnell der Name Herbert Wehner genannt.

Die Haare wachsen immer. Auch in der Dienstzeit von Beamten. Sogar bei Abgeordneten während langweiliger Debatten im Plenum. Ein Grund mehr, dass sich dort, wo die Menschen arbeiteten und ihre Haare wachsen, auch ein Friseur niederließ. Räume waren in der ehemaligen Bonner Pädagogischen Akademie, die dem jungen Bundestag als Plenarsaal diente, schnell gefunden. Auf dem Wege aus ihren Büros im Abgeordnetenhochhaus, dem Langen Eugen, zum Plenarsaal legten Mandatsträger gerne einen Zwischenstopp beim Parlamentsfriseur ein. Und auch für die Mitarbeiter der Bundestagsabgeordneten war dieser Friseur eine Option, waren doch die Kosten für einen Haarschnitt hier sehr günstig.

Einer dieser Mitarbeiter war ich. Und an diesem Tag saß ich geduldig in der Reihe derer, die sich beim Bundestagsfriseur die Haare schneiden lassen wollten. Ich las in einer Broschüre, der Mann neben mir war dran und begab sich zu einem Frisiersessel. In dem Moment öffnete sich die Tür, ein über die Pfeife hinweg gestoßenes „Guten Tag" füllte den Raum, und Herbert Wehner strebte dem

Stuhl neben mir zu. Einer der Friseure hatte gerade Kundschaft abgefertigt und rief: „Der Nächste, bitte!" Ich war dran. Und obwohl ich wusste, dass nach mir noch einige gekommen waren, wandte ich mich Herbert Wehner zu. „Herr Wehner, bitte, gehen Sie vor." Was mir alles durch den Kopf schoss in diesem Moment: Ein so viel beschäftigter Mann kann doch nicht beim Friseur sitzen und warten. Der kann seine Zeit doch besser nutzen. Im Interesse der Sozialdemokratie. Wehner aber blieb seelenruhig sitzen. Aus seiner Pfeife qualmte es. Er öffnete eine flache, abgewetzte Aktentasche und entnahm ihr einige Papiere. Dann blickte er mich an, nahm die Pfeife aus dem Mund und stieß hervor: „Kann warten. Wie alle anderen. Gehen Sie, Mann, gehen Sie und halten den Laden nicht auf."

Ein Sozialdemokrat eben. „Gleicher unter Gleichen."

Jürgen Baasch

Ein Hauch Weltgeschichte

Ich stützte mich mit der linken auf die Harke, mit der rechten nestelte ich ein Tuch aus der Hosentasche und wischte mir den Schweiß von der Stirn. Aber die Arbeit musste getan werden. Stand doch Außerordentliches bevor. Otto Wille hatte den Bewohnern der fünf Siedlungshäuschen neben dem Amtsgebäude Bescheid gegeben. Stolz und voller Würde hatte er mitgeteilt, dass der Vorsitzende seiner Partei den Ort besuchen werde und man solle doch, bitteschön, die Gehwege vor den Häusern so herrichten, dass kein Grund zur Klage gegeben sein könne. Willy Brandt würde mit einem Fahrzeug kommen, von diesem aus wolle er vor dem Verwaltungsgebäude zu den Menschen sprechen. Für mich bedeutete das, auf fünfzig Metern Bürgersteig und dem Sommerweg vor unserem Grundstück Unkraut hacken und harken. Der Sommerweg war ein Sandweg, der gebaut war, um direkte Ausfahrten von den Grundstücken auf die Landesstraße zu vermeiden. Ausfahrten gab es vor der Feuerwehr, die direkt neben unserem Grundstück lag, und vor der Amtsverwaltung. Während die Nachbargrundstücke rechteckig geschnitten waren und eine kurze Straßenfront hatten, brauchte mein Vater Platz für die Lagerung von Holzstämmen. Deswegen hatte er das größte Grundstück in Form eines Dreiecks gewählt, der längste Schenkel des Dreiecks lag an der Straße. Ich ergriff die Harke und zauberte weiter Zick-Zack-Linien in den Sand. Das Unkraut schaufelte ich auf die Schiebkarre, um es dann auf den Kompost zu entsorgen. Während ich diese Arbeit sonst nur unter Zwang als Strafe oder für eine Belohnung tat, arbeitete ich heute gerne. War doch Willy Brandt eine Lichtgestalt für die Jugend der 60er Jahre, hob sich frisch und ideenreich ab von der verknöcherten Adenauer-Administration. Und was man gerne tut, das geht flott von der Hand. Schnell war ich denn auch fertig, und die Familie konnte meine Arbeit abnehmen. Ich malte noch Schilder, auf denen ich die Fußgänger bat, nur einen schmalen Pfad zu nutzen und nicht mein geharktes Kunstwerk zu zertrampeln. Dann konnte der Mann aus Berlin kommen.

Am nächsten Morgen hörten wir beunruhigende Nachrichten im Radio. Brandt sollte um 14 Uhr eintreffen, ich würde von der Schule direkt zum Amt fahren. Die Leute waren meiner Bitte in hervorragender Weise nachgekommen. Ich fuhr mit dem Fahrrad auf dem schmalen Pfad über mein Geharktes weg und sah, dass sich die Nachbarn auch tüchtig ins Zeug gelegt hatten. Da kam mir Otto Wille entgegen. Er sprach mich an: „Du, Jürgen, Du weißt doch, dass Willy Brandt heute Nachmittag zu uns kommen wollte." Er stockte. „Wieso wollte?" fuhr es mir durch den Kopf. Wille ergänzte: „Brandt kommt nicht. Die Partei hat abgesagt. Er ist doch Regierender Bürgermeister in Berlin. Da lassen die Russen gerade eine Mauer bauen quer durch die Stadt. Da muss Brandt doch hin. Das sehen wir doch ein." Bedauernd zuckte der alte Sozialdemokrat mit den Achseln.

Es war der 13. August 1961. Ein eisiger Lufthauch der Geschichte hatte den Besuch von Willy Brandt in Dänischenhagen weggeweht. Und nach einigen Tagen waren auch die Spuren meiner Arbeit zertrampelt.

Jürgen Baasch

Hoher Besuch in Bordesholm

„Er hat zugesagt!" Nie hatte der Bürgermeister das Gesicht seiner Sekretärin strahlender gesehen. Sie schwenkte einen weißen Briefbogen in der Luft. Er erkannte einen schwarzen Adler im Kopf des Schreibens.

„Haben Sie etwas anderes erwartet?" In seiner Stimme klang keine Unsicherheit. Er lehnte sich in seinen mit einem Schaffell bedeckten Sessel zurück, faltete die Hände über dem Bauch und überflog das vor ihm auf dem Schreibtisch liegende Schreiben. In seinen Stolz mischte sich ein mulmiges Gefühl:

„Wenn wir dem man gewachsen sind", murmelte er vor sich hin.

Das Klavierkonzert in der Klosterkirche klang in schwungvollen Läufen des Solisten aus. Während Ovationen aufbrandeten, erhob sich der Bürgermeister und ging schnell durch den schmalen Gang im Mittelschiff zu einem Seitenausgang. Jetzt kam seine Stunde. Die Gemeinde hatte nach dem Konzert zu einem Empfang ins Kolonialhaus geladen. Der Name des Restaurants erinnerte an die frühere Nutzung des Gebäudes als Gemischtwarengeschäft. Es hatte sich angeboten, weil es auf der Klosterinsel nur wenige Schritte von der Kirche entfernt lag.

Er fand alles gut vorbereitet. Es war für zwanzig Gäste gedeckt. Die Tafel beherrschte ein außergewöhnliches Bukett. Die Blume des Jahres, die Silberdistel, versprühte in einem Arrangement mit weißem Flieder und grünen Blattpflanzen ihren herben, unnahbaren Charme. Seine Sekretärin hatte das angeregt, war das ‚Blümchenkonzert' doch eine Benefizveranstaltung zugunsten dieser Pflanze. Schon trafen die ersten Gäste ein. Farbenfrohe Aperitifs, mit und ohne Alkohol, wurden

31

gereicht. Man plauderte, pries den Musikgenuss in höchsten Tönen, und der Bürgermeister platzierte seine Gäste.

Als hätte er gewusst, wann die Gesellschaft zu seinem Empfang bereit sei, betrat der Ehrengast zu dem Zeitpunkt den Raum, als gerade alle ihre Plätze eingenommen hatten. Nur Justus Franz, der Dirigent, fehlte noch. Im britisch-maritimen Zweireiher mit golden funkelnden Knöpfen zu hell sandfarbener Hose nahm er wie selbstverständlich den Raum sofort für sich ein. Obwohl die Veranstaltung doch der Passion seiner Frau und der Stiftung zum Schutz gefährdeter Pflanzen gewidmet war. Heller Rauch züngelte von seiner unvermeidlichen Zigarette auf. Ihm folgte seine Frau in bunt geblümtem Sommerkleid. Man erhob sich und applaudierte. Zwei muskelbepackte Männer in korrekten dunklen Anzügen begaben sich diskret in den Hintergrund.

Etwas steif geleitete der Bürgermeister das Paar zu den vorgesehenen Stühlen. Er platzte fast vor Stolz, als er gebeten wurde, in deren Mitte Platz zu nehmen.

Der Bürgermeister fühlte seine Sicherheit zurückkehren. Jetzt konnte und musste er agieren. Alle Bedenken waren sinnlos und verflogen. Stundenlang hatte er an seiner Rede gefeilt. Kurz sollte sie sein, witzig und ideenreich. Aber schon mit der Anrede hatte es Probleme gegeben. Wie redete man den hohen Gast an? Das der ehemaligen Amtsbezeichnung vorangestellte „Alt…" schien ihm zu altbacken, das hintan gesetzte „außer Diensten" zu formal. Er entschied sich für die einfachste Form.

Der Bürgermeister erhob sich bis in die Zehenspitzen konzentriert. Sein Blick schweifte in die Runde. Aller Augen spürte er auf sich gerichtet. ‚Nicht daran denken, wer da alles sitzt', schoss es ihm durch den Kopf. Er begann, ohne auf sein Manuskript zu blicken:

„Sehr geehrter Herr Bundeskanzler, sehr verehrte Frau

Schmidt!" Routiniert hielt er nach Lob für den ehemaligen Kanzler einen Moment lang inne und provozierte so den Applaus. Der Hinweis auf den Anlass des Empfanges, das so genannte ‚Blümchenkonzert' zugunsten der Loki – Schmidt – Stiftung für gefährdete Pflanzen, wurde lang anhaltend beklatscht. Gerade wollte er zur Schlussfloskel kommen, da platzte mit wehenden Frackschößen und fliegendem Silberhaar Justus Franz, eine Entschuldigung heraussprudelnd, herein. „Ihnen, Herr Kapellmeister, ist nach diesem brillanten Konzert noch viel mehr erlaubt. Seien Sie uns herzlich willkommen", begrüßte der Bürgermeister den Professor und hatte die Lacher auf seiner Seite. Er stellte dann die Vertreter seiner Gemeinde vor und freute sich über warmen Beifall. Helmut und Loki Schmidt hatten sich noch während der kurzen Rede Zigaretten angesteckt. Er die Mentholzigarette Reyno light, sie bevorzugte offenbar die Marke R 6.

Die Vorspeise, ein sommerlicher Salat, wurde aufgetragen. Loki Schmidt lobte die Tischdekoration. „Wir müssen nicht davon essen", flachste der Bürgermeister, der sich belesen hatte und daher wusste, dass der Blütenboden der Silberdistel ähnlich der ihr verwandten Artischocke essbar ist und einen nussartigen Geschmack haben soll. Dann hatte er einige Fragen zu seiner Gemeinde zu beantworten. Selbstverständlich und fast fröhlich flogen die Anreden ‚Herr Bürgermeister' und ‚Herr Bundeskanzler' hin und her.

„Alles richtig gemacht", dachte der Bürgermeister. Auf Fragen aus seiner Delegation berichtete der ehemalige Bundeskanzler über seine Entscheidungen während der Zeit des RAF – Terrorismus. Für die Bordesholmer war es atemberaubend, die Ausführungen neben dem Staatsmann sitzend und nicht vor dem Fernseher zu hören. Schmidt betonte mit großem Ernst und fester, endgültiger Stimme:

„Wenn die Befreiung der Passagiere in der Lufthansamaschine auf dem Flugplatz in Mogadischu fehlgeschlagen wäre, hätte ich sofort meinen Rücktritt erklärt". Dabei öffnete er eine Schnupftabakdose, schüttete eine große Prise auf seinen linken Handrücken, und zog den Tabak tief in die Nase ein, ohne dabei die brennende Zigarette aus der Hand zu legen.

Der Hauptgang bestand aus zarten Filets an buntem Gemüse mit geschichteten Kartoffeln. Schmidt erzählte, während er im Essen herumstocherte, dass er zurzeit über eine Rede nachdächte, die er in einer Hamburger Hauptkirche zu halten habe. Das Thema sei der Glaube in unserer Zeit. Des Bürgermeisters Frau, von Beruf Lehrerin mit dem Fach Religion, erwies sich hierfür als kongeniale Gesprächspartnerin. Schmidt blühte auf. Er fragte nach Erfahrungen, Einschätzungen, stimmte zu, verwarf auch und vergaß darüber das Essen. Nie aber vergaß er, eine neue Zigarette anzustecken und gelegentlich eine Prise zu inhalieren. Erst das Dessert lenkte den Altbundeskanzler von der Frau des Bürgermeisters ab. Unter einem Zuckernetz arrangierte eingelegte und frische Früchte mit Eis fanden seine ungeteilte Aufmerksamkeit. Auch dem süßlichen Südwein wurde zugesprochen. Schmidt gefiel es offenbar in der Runde. Auch andere Gäste kamen nun zu Wort und erlebten ihn als freundlichen, interessierten Gesprächspartner. Einige Male musste Loki Schmidt zum Aufbruch drängen, bis lange nach Mitternacht die Sicherheitsbeamten ein Zeichen erhielten, die Heimfahrt vorzubereiten.

Der Bürgermeister ging mit seiner Frau durch die laue Nacht nach Hause. „Das war ein schöner Abend. So etwas entschädigt für Vieles", sagte er in die Stille hinein. Und nach einer Pause: „Aber ein Abend mit Willy wäre noch schöner gewesen."

Andrea Böckmann

Die graue Frau und die verlorene Zeit

Die Zeiger sagen Silvia, dass es unmöglich ist, es rechtzeitig zu schaffen. Sie wird sich mit Sicherheit um mindestens zehn Minuten verspäten. Zum Glück, ist es ja kein Bewerbungsgespräch, sondern eine Einladung ihres Sohnes und ihrer Schwiegertochter zum Mittagessen. Trotzdem hasst sie es, abgemachte Zeiten mit Unpünktlichkeit zu strafen.

Sie erreicht ihren Wagen förmlich im Flug. Tür auf, zack rein, ein kurzer Blick in den Rückspiegel und los geht's. Kaum mit dem Wagen auf der Straße sieht sie, dass sie eigentlich gar nichts sieht. Sie ist genötigt, kurz rechts ran zu fahren.

„Wo ist bloß diese verdammte Brille?" Darin Dinge vor sich selbst verstecken, ist sie die reinste Koryphäe. Vieles wird beim Älterwerden weniger und manches eben mehr. Die Dioptrienzahl steigt. Das Kurzzeitgedächtnis schrumpft.

Sichtlich erleichtert mit dem Nasenfahrrad im Gesicht geht es weiter. Der kürzeste Weg führt direkt durch den Ort: Eine zwanziger Zone mit Bahnhof und Miniatureinkaufsmeile. Dass Fußgänger dort die Straßenseiten wechseln, ohne sich umzuschauen, ist keine Seltenheit.

Aus einiger Entfernung registriert Silvia, zu ihrer Linken, eine hagere alte, aber mobil wirkende Dame in schicker Sonntagsmontur. Vermutlich in ihrer persönlichen Bestzeit läuft sie zielgenau Richtung Motorhaube. Auf halber Strecke verringert sie ihr Tempo, reißt plötzlich die Arme hoch und winkt, wie eine Wilde. Der Blick der Alten trifft direkt in die aufgerissenen Augen der Fahrerin, die ihren kleinen Flitzer bereits zum Stehen gebracht hat. Sie ist verunsichert. Hat sie etwas verkehrt gemacht? Zu schnell gefahren ist sie definitiv nicht. Der nur spärlich ausgefüllte hellgraue Hosenanzug bewegt sich zur Beifahrerseite. Die nichts Ahnende beugt sich zu ihr hinüber und öffnet das Seitenfenster. Was will diese Unbekannte von ihr?

„Entschuldigen Sie! Fahren Sie zur Kirche?"

Silvia ist ein wenig irritiert.

„Ähm … welche Kirche?"

Die Silberhaarige steckt ihren Kopf ins Fahrzeuginnere und stützt sich dabei mit den Händen, an der nicht ganz herunter gelassenen Scheibe ab. „Ja, zur Kirche. Die ist ungefähr zwei Kilometer von hier." Und deutet mit dem Arm in Fahrtrichtung. „Da findet heute ein großer Markt statt. Würden Sie mich ein Stückchen mitnehmen? Bin gerade mit dem Zug gekommen." Die bereits Unpünktliche schaut auf die Uhr und zurück, in das Gesicht der sich ihr aufdrängenden Anhalterin. „Ich bin für jeden Meter dankbar, den ich nicht laufen muss."

Im Seitenspiegel bemerkt sie ein sich näherndes Fahrzeug. Die Mimik der greisenhaft wirkenden Frau spricht Bände und überzeugt mehr, als jeglicher Termindruck.

„Kommen Sie! Steigen Sie ein!"

Während das Großmütterchen die Tür öffnet, schmeißt Silvia ihre auf dem Beifahrersitz liegende Handtasche nach hinten auf die Rückbank. Mit der Beweglichkeit eines nicht mehr ganz jungen Aales lässt sich die Seniorin ins Auto gleiten.

„Das ist äußerst nett von Ihnen. Damit tun Sie mir einen riesigen Gefallen." Kaum hat sie die Tür zugezogen, setzten sie sich in Bewegung.

„Wissen Sie, ich komme eigentlich aus Bremen und bin zurzeit nur hier, weil meine Mutter verstorben ist."

Silvia ist erstaunt. Dem äußeren Anschein nach zu urteilen, muss die Dame gewiss über achtzig sein. Was darauf schließen lässt, dass deren Mutter wahrscheinlich die

Hundert überschritten gehabt haben muss. Jählings wird die Fahrerin auf ein für sie absolutes No-Go aufmerksam.

„Wären Sie bitte so freundlich und würden sich anschnallen?"

„Ach was, das ist doch nur ein kurzes Stück. Außerdem bin ich versichert. Wenn etwas passieren sollte, bezahle ich Ihnen das selbstverständlich."

Innerlich muss Silvia grinsen, beharrt aber auf Sicherheit und setzt ihren Willen konsequent durch.

Nachdem sie sich brav angegurtet hat, sucht sie erneut das Gespräch:

„Ich bin schon oft auf diesen Markt gewesen. Haben Sie ihn auch schon mal besucht? Der ist sehr schön und einmal im Jahr."

„Nein, ich wohne hier erst seit Anfang des Jahres und bin mir auch nicht ganz sicher, wo diese Kirche ist."

Die alte Frau hält sich an ihrer auf dem Schoß liegenden Handtasche fest. Dass sie neugierig ist bleibt kaum verborgen:

„Wo kommen Sie denn ursprünglich her?"

„Aus dem Hamburger Speckgürtel"

„Ach, früher habe ich auch mal in Hamburg gelebt, … in Wandsbek. Übrigens, ich bin dreiundachtzig Jahre alt… Sind Sie verheiratet?"

Mittlerweile haben sie bereits die Kreuzung an der Hauptstraße erreicht. Das Steuer fest im Griff, überlegt Silvia kurz, ob sie die Greisin hier aussteigen lässt. Ist aber zügig mit sich selbst im Einen, ihren weiblichen Fahrgast zu dem gewünschten Zielort zu bringen. Anstatt den Blinker zu setzten und links abzubiegen, fährt sie geradeaus weiter.

„Hätte ich hier nicht aussteigen sollen?" Es klingt beinahe ein bisschen Entsetzen in ihrer Stimme.

Die Chauffeuse beruhigt: „Wissen Sie was? Ich glaube, ich

weiß, wo die Kirche ist. Die liegt an einem See. Oder? Mein Noch-Ehemann ist dort mal mit mir spazieren gegangen."

„Ach, … sind Sie geschieden?"

„Nein, noch nicht."

Die Omi streckt ihren Kopf nahe Richtung Frontscheibe.

„Wo sind wir denn hier?... Ich glaub …Ich glaube wir sind verkehrt… Aber ich kenne mich nicht aus. Wissen Sie denn jetzt, wo das ist …?" Und ohne eine Antwort abzuwarten, folgt: „Ich war auch mal verheiratet, sechzehn Jahre lang."

In Silvias Kopf tickert es. Das ist genau die Zeitspanne, die sie mit ihrem Mann verbracht hat.

Die kleine Querstraße gesäumt von alten Linden und Einfamilienhäusern haben sie fast hinter sich gelassen. In wenigen Metern muss sie noch einmal abbiegen. Die Kirche dürfte dann nur einen kleinen Katzensprung entfernt sein. Stetig wachsende Betriebsamkeit auf den sonnenbeschienenden Gehwegen und die zugeparkten Straßenränder zeugen, dass sie auf der richtigen Spur ist. Die silberhaarige Dame scheint weiterhin gesprächs-bedürftig zu sein.

„Ich habe ja keinen Führerschein… Bin damals als Flüchtling hergekommen… Bin ein gebranntes Kind... War eine schwere Zeit."

Sich voll auf den Trubel um sich herum konzentrierend, reagiert Silvia ein wenig teilnahmslos.

„Das glaube ich Ihnen gerne… Ich werde Sie da vorne rauslassen."

„Ja, jetzt erkenne ich das wieder. Wir sind gewöhnlich von der anderen Seite gekommen." Mit ihren Fingern zeigt sie fuchtelnd in die entgegengesetzte Richtung. „Sonst sind wir ja auch gelaufen."

Silvia setzt den Blinker und bringt den Wagen an der rechten Bordsteinkante zum Halten. Die alte Dame macht keine Anstalten, sich in Gang zu setzen und führt die

Unterhaltung unverblümt fort.

„Die Scheidung ist bald vierzig Jahre her… Meine Tochter hat ihren Vater vors Gericht gezogen, …wegen Misshandlung… Das schleppt sie jetzt schon ihr ganzes Leben lang mit sich rum."

Ihre Zuhörerin sieht ihren Stiefvater vor sich und denkt, *Eigentlich hätte ich auch…*

Die Blicke der beiden Frauen treffen sich. Das Gesicht der alten Dame sieht ein wenig blass und müde aus, aber ihre Augen, die durch ihre Brille größer wirken, als sie eigentlich sind, erscheinen hellwach.

„Wissen Sie, der Mann ist achtzig Jahre alt… Aber was soll man machen?"

Die Jüngere von beiden ringt etwas hilflos nach passenden Worten:

„Das ist ganz traurig." Für einige Sekunden herrscht in der Karosse Stille, eine Stille voller Gedanken. Plötzlich kommt wieder Bewegung in die Beifahrerin.

„Wollten Sie hier stehen bleiben? … Soll ich hier aussteigen? Ich hab gedacht, Sie fahren noch weiter." Hektisch versucht sie sich vom Gurt zu befreien. „Wissen Sie, ich muss heute Abend noch mit dem Zug wieder nach Bremen zurück… Das ist sehr nett von Ihnen gewesen, dass Sie sich die Zeit genommen haben, um mich hierher zu bringen." Ein dankendes Lächeln huscht durch das vom Leben und Alter gezeichnete Gesicht. Zum Abschied streckt sie Silvia ihre Hand hin, die sie mit beiden Händen sanft drückend umschließt.

„Machen Sie's gut und viel Spaß auf dem Markt. Sie brauchen nur um die Kurve zu gehen, dahinter liegt die Kirche."

„Ja, ja, ich weiß… Haaatschie!" Ein kräftiger Nieser entfleucht ihrer Nase und unterbricht für einen Moment den Aussteigeprozess. Sie lacht und erhält ein ehrlich gemeintes „Gesundheit!", von ihrer Chauffeurin.

„Herzlichen Dank."

Und so wie die graue Frau eingestiegen ist, verlässt sie auch den Wagen. Mit einem kräftigen Schwung schlägt sie die Tür zu und harrt winkend am Gehsteig aus. Selbst als Silvia nach dem Wenden in den Rückspiegel schaut, sieht sie immer noch die wedelnden Arme.

Die mittlerweile extrem Gehetzte wird nur noch von einem Gedanken getrieben, *Mist, … ich komme viel zu spät,* als sie etwas im Fußraum neben sich funkeln sieht.

Was liegt da denn auf der Fußmatte?... Ach, nööö!... Die alte Dame hat doch tatsächlich ihre goldene Armbanduhr bei mir im Auto verloren. Also, … nichts wie umdrehen…

Andrea Böckmann

Erinnerung der Angst

In der Dunkelheit, alleine auf verlassenen Wegen, breitet sich die Angst am stärksten aus, obwohl es damals hell gewesen ist und eine völlig andere Situation.

Wie viele Jahre sind seitdem vergangen? Für sie, … gefühlt, … unendlich viele. Trotzdem hat sie keine Sekunde des Geschehens vergessen, als wäre es gestern gewesen. Es sitzt, wie ein Brandmal, in ihren Hirnwindungen fest.

Faszinierend, denkt sie, *dass das menschliche Gehirn in der Lage ist, extrem traumatische Ereignisse, spontan zu vergessen. Trotz Amnesie, gehen sie zwar nie gänzlich verloren, genauso wenig, wie gelöschte Daten auf einer Festplatte. Jedoch sind sie nicht mehr ohne weiteres abrufbar.*

Evelyn würde das Vergessen als Gnade bezeichnen. Eine Gnade, die ihr nicht zuteil gekommen ist.

Schnellen Schrittes bewegen sich ihre Füße über den schmalen Sandweg. Vier große Pfoten trotten neben ihr hier. Er beruhigt sie stets ein wenig. Seine Nähe macht die Angst erträglicher. 'Mister Good` ist für sie, der weltbeste Hund, den sie sich vorstellen kann. Ob er sein Frauchen wirklich in einer Notsituation bis aufs Blut verteidigen würde, weiß sie nicht. Dass er versuchen würde, eine Bedrohung zu verbellen, darüber gibt es keinen Zweifel. Erst vor einigen Augenblicken hat er es lauthals bewiesen. Ein großer, kräftiger, kahlköpfiger Mann in schwarzer Kleidung, der urplötzlich aus einer uneinsehbar, von Sträuchern umwachsenen Wegabbiegung gekommen ist; sein forscher Schritt und das unvermittelte Auftauchen, direkt vor den beiden, hat ihr kurz das Blut in den Adern stocken lassen. Ungewollt entweicht ihren Lippen das Geräusch eines Schreckes. Ihr Schnüffelexperte hat äußerst sensibel auf Frauchens abrupte Verhaltensweise reagiert.

Prompt, hat er in dem Fremden einen potenziellen Angreifer vermutet. Tapfer hat ihm der Vierbeiner gezeigt, dass er das nächste Mal etwas bedachter aus der Dunkelheit in das Licht der Straßenlaterne schreiten sollte. Das tiefe Aufbellen, des großen Hundes, hat ihn in Sekundenschnelle strammstehen lassen. Mit erhobenen Händen und dem Blick eines Rehes, das von Scheinwerfern geblendet und gleichzeitig den Lauf eines Gewehres auf der Brust verspürt, verweilt er. Der Protest des Rüden ist zwar nur von geringer Dauer gewesen, aber dafür außerordentlich eindrucksvoll. Beim Blick in das Gesicht des Mannes, ist Evelyn sich umgehend bewusst, dass dieser keine Gefahr darstellt. Mit einer flüchtigen Entschuldigung für den kleinen Schockzustand, den er hat erdulden müssen, verschwinden sie und

Mr. Good in die Richtung, aus der er gekommen ist.

Die faktisch total harmlose Situation hat keine fünf Sekunden gedauert. Dennoch, spürt sie das Adrenalin in jeder Faser ihres Körpers. Es folgt: Die Erinnerung der Angst.

Ein leichtes Zittern überflutet sie. Wie aufsteigendes Fieber bei einer Infektion breitet es sich in ihrem Körper aus. Die aufgestellten Nackenhaare ihres Hundes glätten sich schneller, als ihre eigenen.

Ob diese Furcht jemals von ihr weicht? Wird sie irgendwann mal ungezwungen und angstfrei sich allein durch weniger belebte Straßen und Wege bewegen können? Wie wahrscheinlich ist es, dass ihr so etwas noch einmal widerfährt? Wie würde sie heute in solch einer Situation reagieren?

Fragen, die seitdem wie eine Endlosschleife durch ihre Gedanken ziehen, wenn sie sich außerhalb ihrer vier Wände bewegt. Nicht permanent, aber sie verschwinden eben halt nie ganz.

Der Kripobeamte hat damals gemeint, dass es kein Patentrezept geben würde. Jeder Täter sei anders und

dessen Handlungen nie vorhersehbar.
Vor ihrem inneren Auge erscheint das Gesicht des jungen Mannes von einst.

Es war nicht das eines völlig Unbekannten. Beinahe täglich, radelte er ihr mit dem Fahrrad, auf dem morgendlichen Schulweg entgegen. Sie hätte ihn auf Anfang bis Mitte zwanzig geschätzt. Er war von kräftiger Statur und weder schön, noch hässlich. Sein dunkelblondes Haar trug er stoppelig kurz. Das Gesicht war glattrasiert und er verzog nie eine Miene. Weder ein Lächeln, oder eine auffällige Geste hatte er von sich preisgegeben. Doch jedes Mal, wenn er an ihr vorüberfuhr, guckte er ihr kurz direkt in ihre noch unschuldigen Augen.

Es war Anfang Mai. Erst vor kurzem feierte sie ihren vierzehnten Geburtstag. Evelyn war zu diesem Zeitpunkt bereits in der Pubertät, und ihr mädchenhafter Körper befand sich in der Wandlungsphase. Die ausbrechend weiblichen Formen konnte sie kaum mehr verbergen.
Ihre Eltern befanden sich schon bei der Arbeit. Sie packte ihre Schulsachen für die heutigen Stunden in eine stabile Plastiktüte. Schulranzen waren out. College Schuhe und Karottenjeans waren in. Obendrüber trug sie einen leichten, blauen Blouson, den sie bis obenhin zuzog. Die aufgehende Sonne an diesem Morgen versprach, dass es ein schöner Tag werden würde. Allerdings war es um diese Uhrzeit immer noch recht frisch.
Als sie losstapfte, ließ der kühle Wind sie ein wenig frösteln. Evelyn würde sich warmlaufen, das wusste sie. Ihr offizieller Schulweg betrug nicht ganz vier Kilometer, die sie gezwungen war zu Fuß zurückzulegen, denn ein Fahrrad hatte sie keines mehr. Nachdem ihr kurz hintereinander drei Fahrräder gestohlen wurden, beschloss ihr Vater, dass sie in Zukunft ohne klarkommen

müsse.

Wenn sie sich beeilte, schaffte sie die Strecke in fünfunddreißig Minuten, … vorausgesetzt, sie nahm die Abkürzung.

Ihre Mutter war stets dagegen und hatte ihre Tochter wieder und wieder vor diesem einsamen Weg gewarnt, der ihr nie geheuer schien. Die zehn Minuten, die sie durch die kleine Kursänderung einsparte, waren es der Pubertierenden Wert gewesen. Täglich setzte sie sich über die Ermahnungen hinweg.

Als das heranreifende Mädchen diesen Morgen hinter einer kleinen Tankstelle in den besagten Pfad einbog, hallten die besorgten Worte der Mutter in ihren Ohren.

Naive Gedanken trotzten. Sie überlegte, ob es sinnvoll wäre ein Messer bei sich führen. Nie waren ihr derlei Dinge in den Kopf gestiegen.

Der Sandweg führte durch brachliegendes Land. Auf der rechten Seite wuchsen Bäume und Sträucher. Hinter dem zarten Grün von aufbrechenden Blattknospen verbarg sich eine Koppel. Manchmal standen dort Ponys und grasten friedlich. Evelyn schaute ihnen gerne zu, wenn ihre Zeit es zuließ. Zur Linken gab es nichts, außer Gräsern, Unkräutern und Gestrüpp. Die unübersichtliche Landschaft wurde von kleinen Hügeln und Tälern durchzogen. Nach ca. sechshundert Metern führte der Pfad in einer Kehre. In dem Moment hatte sie die Gefahrenzone praktisch verlassen. In der Sackgasse standen einige altbackene Einfamilienhäuser mit tristen Vorgärten. Auch gab es dort eine kleine Kirche in moderner Architektur, die sie als äußerst hässlich empfand. Jeden Donnerstag trudelte sie hier zum Konfirmandenunterricht ein. Kurz hinter dem Gotteshaus musste sie in einen schmalen asphaltierten Weg abbiegen. Dieser war zu beiden Seiten von einer mannshohen Hecke gesäumt. Dahinter versteckte sich zur Linken das Gebäude eines Kindergartens und zur Rechten, der dazugehörige Spielplatz. Zu dieser Tageszeit traf man zwischen Schaukeln, Klettergerüsten und Sandkästen nur gähnende Leere an. Am Ende dieses Abschnittes gab es eine Brücke, unter der ein kleines Flüsschen dahinplätscherte. Das Wasser bahnte sich seinen Weg durch eine wilde Wiese. Ihr Grün wurde teilweise durch das strahlende Gelb des Löwenzahnes ersetzt, welches den Frühling verriet. Von der Überführung waren es sechzig bis siebzig Meter bis zu einer belebten Straße, an der sich mehrere Wohnblocks aneinanderreihten. Von dem fließenden Gewässer aus, schaute man direkt auf deren Rückfronten. Auf der gegenüberliegenden Straßenseite prangte ihre ehemalige Grund- und Hauptschule. Wenn sie hier ankam, hatte sie fast die Hälfte ihres Weges hinter sich.

Evelyn sputete sich, wie gewohnt.

An diesem Tag befand sie sich gerade zwischen den beiden Hecken in der Höhe des Kindergartens. Ganz hinten, am Ende der Einfriedung sah sie Qualm aufsteigen. Anscheinend stand da jemand und rauchte. Erkennen konnte sie niemanden. Der oder Diejenige wurde von den Zweigen des Gebüsches verdeckt. Ihr erster Gedanke war, dass es Schüler von der nahegelegenen Schule wären, die dort öfter anzutreffen waren. Kurz bevor sie diesen Punkt erreichte, trat ein Mann hervor. Er ging auf die Brücke und blieb darauf stehen. Ein merkwürdiges Gefühl beschlich sie. Als er sich umdrehte, erkannte sie ihn: Der Radfahrer ohne Mimikspiel. Er war der einzige Mensch den sie weit und breit entdecken konnte.

Evelyn versuchte, aufkeimende Angst zu ignorieren. Ihre Füße trabten weiter im gleichbleibenden Tempo. Mit verschränkten Armen lehnte sich der Kerl ans Brückengeländer. Seine Kleidung war unauffällig: Eine verwaschene Jeans, Turnschuhe und ein graues Sweatshirt. Sein hochkonzentrierter Blick war vergleichbar mit dem eines Raubtieres, das seine Beute ins Visier nahm. Das Mädchen bewegte sich weiter auf ihn zu. All ihre Alarmglocken läuteten. Trotzdem sträubte sie sich zu glauben, was gleich geschehen könnte. Seinen Augen ausweichend, schaute sie auf den Boden… und dann passierte es, … genau in der Sekunde, als sie ihn hinter sich ließ.

Ein großer starker Arm preschte von hinten an ihrem Gesicht vorbei. Er schnappte sie unterhalb des Kinns. Ein Arm, der sich wie eine übermächtige Boa constrictor um ihren Hals schlang und zudrückte. *Sie war seine Beute, und er wollte seinen Hunger an ihr stillen.* Im gleichen Atemzug klatschte eine nach Nikotin stinkende Hand über ihren Mund und ihre Nase. Eine Hand, die nicht davor zurückschreckte, Schmerzen auszuteilen. Widerliche Lippen pressten sich an ihr Ohr und zischten drohend:

„Du kommst jetzt mit, oder ich mach dich tot! Ich… mach… dich... tot!"

Jeder Mensch würde glauben, dass man in solch einem Moment irgendetwas denkt, aber sie dachte an rein gar nichts. Nur der Instinkt, des nicht Sterben Wollens ließ sie handeln. Das zartgebaute Mädchen wand sich wie ein kleiner glitschiger Aal, immer noch ihre Plastiktüte festhaltend. Es war ein Kampf wie zwischen David und Goliath. Mit ihren Füßen schlug sie nach hinten aus, wie ein wütendes Fohlen und traf nur ins Leere. Ihr Peiniger versuchte sie mit brachialer Gewalt von der Brücke herunter zu zerren, hinunter zur Wiese. Die Kunststofftasche fiel zu Boden. Ihre Schulsachen rutschten heraus und verteilten sich über den Asphalt. Sie bekam keine Luft mehr. Niemand war da um zu helfen. Niemand hörte ihre Angst. Mit der Verzweiflung einer Ertrinkenden versuchte sie zu atmen. Ihre weit aufgerissenen Augen waren blind vor lauter Panik. Kleine Mädchenhände rangen mit der erbarmungslosen Pranke ihres Schlächters, die das Eindringen von Sauerstoff in ihre Lunge verhinderte. Die unkontrolliert abrupten Bewegungen, ihres gerademal einen Meter neunundfünfzig großen Körpers, glichen dem eines Rodeo Reiters auf einem wildgewordenen Stier.

In ihrem Kopf keimen plötzlich Gedanken auf.

Ich will nicht sterben! Ich will nicht sterben! Nicht jetzt! Nicht hier! Nicht heute! Ich darf auf keinen Fall sterben.

Irgendetwas schien auf einmal Erbarmen mit ihr gehabt zu haben.

War es übermenschliche Kraft, die sich nur in Todesangst fähig ist zu entfachen?

Oder ihr unerbittlicher Widerstand mit dem der Täter kaum gerechnet hatte?

In diesem ungleichen Gefecht gelang Evelyn das eigentlich Unmögliche. Sie hatte es tatsächlich geschafft, sich von der wie mit Saugnäpfen besetzten Pranke über ihrem Gesicht, für einen kurzen Moment zu befreien. Es folgte ein Schrei. Ein Schrei, der markerschütternder nicht hätte sein können. Er schallte durch die Luft wie eine unüberhörbare Sirene, die die akute Gefahr eines Bombenangriffes signalisierte. Auf die hungrige Bestie hatte er anscheinend die Wirkung eines Appetithemmers. Augenblicklich löste sich der Würgegriff. Innerhalb von ein paar Nanosekunden fand sie sich alleine auf der Brücke.

Unter Schock und völlig verstört wendet sich Evelyn nach allen Seiten um. Wohin war das Monster entflohen. Es war wie vom Erdboden verschluckt, bis ihre Augen es auf der leuchtenden Wiese entdeckten. Das Ungeheuer hatte sein Fahrrad geschultert und lief querfeldein.

Da stand sie nun, … das Mädchen aus der 8c. In ihrem Kopf herrschte Chaos. Ihr Gesicht war puterrot. Die halblangen, hellbraunen Haare klebten wirr auf ihrem schweißnassen Gesicht. Sie nahm ihre verstreuten Schulsachen wahr. Wie in Trance, bückte sie sich. Mit zitternden Händen sammelte sie die verstreuten Bücher und Hefte ein und sortierte diese zurück in die Plastiktüte. Immer noch war sie alleine. Niemand schien sie gehört zu haben, und sie fing an, sich zu fragen:

„Was soll ich jetzt machen? Wo soll ich hin? Nach Hause gehen?"

Zu Hause war niemand, das wusste sie. Total konfus marschierten ihre Füße, wie fremdgesteuert, einfach weiter, … weiter in Richtung Schule.

Unterwegs traf sie Hanna, eine Mitschülerin aus der Parallelklasse, der sie versuchte in wenigen Worten mitzuteilen, was ihr gerade widerfahren war. Das Mädchen auf dem Fahrrad hielt nur, um Evelyn nach einem Kaugummi zu fragen. Aber mehr als ein „Echt! Kanntest du den Typen?", hatte sie ihr diesbezüglich nicht entgegengebracht. „Sorry, ich muss weiter. Wir schreiben gleich Bio. Kannst mir ja nachher in der großen Pause alles ganz genau erzählen."

In der Schule angekommen, vertraute sie sich ihrer Lehrerin, Frau Heiland, an. Doch anstatt sich um die unter Schock stehende Schülerin zu kümmern, musste diese noch am Unterricht teilnehmen. Evelyn erlebte alles um sich herum wie durch einen Schleier, wie in einem Traum. Sie zweifelte bereits an sich selbst. *War das alles gar nicht so schlimm, wie es sich anfühlt? Schließlich lebte sie noch, und zu einer Vergewaltigung, war es nicht gekommen.*

Nach der ersten Stunde tat sich der Lehrerin wohl ein schlechtes Gewissen auf, oder wie immer man das auch bezeichnen mochte. Sie fuhr mit dem Mädchen zur Polizei. Es wurde eine Anzeige erstattet und aufgenommen. Unzählige Fragen prasselten auf die Schülerin ein. Ins Krankenhaus brauchte sie nicht. Es war zu keinem sexuellen Missbrauch gekommen. Bis auf ein paar Blutergüsse und kleineren Hautabschürfungen, war sie körperlich unversehrt geblieben.

Als man sie schließlich mit einem Streifenwagen nach Hause fuhr und ihren zuvor informierten Eltern übergab, wartete sie vergebens auf tröstende Worte.

„Selbst Schuld! Wir haben dir immer gesagt, dass du da nicht längst gehen sollst! … Jetzt siehst du ja, was du davon hast."

Das war das Einzige, was sie zu hören bekam.

Evelyns Ansicht nach gab es eigentlich gar keinen Grund zur Schelte. Schließlich war sie in einem Bereich überfallen worden, der sich außerhalb der vermuteten Gefahrenzone befand.

Einige Wochen später setzte sich die Kripo mit ihr in Verbindung. Die Vierzehnjährige sollte auf dem Revier erscheinen. Dort legte man ihr drei Fotografien vor. Diese zeigten die Gesichter unterschiedlicher Männer. Der Polizist fragte die Jugendliche, ob ihr Täter darunter wäre. Er bat sie, sich beim Betrachten ruhig Zeit zu nehmen. Aber sie brauchte keine Zeit. All ihre kleinen Härchen, die sich über ihre gesamte Hautfläche zogen, stellten sich beim Anblick dieser unvergesslichen Visage blitzartig auf. Sie machten einen Irrtum ausgeschlossen. Ein Fingerzeig und ein spontanes „Der da! Der ist es!", mehr brauchte sie nicht sagen.

Tatsächlich, hatte man ihn geschnappt. Er war noch jung mit seinen dreiundzwanzig Jahren. Trotzdem führte nichts umhin, dass er bereits drei junge Frauen vergewaltigt hatte. Eines der Opfer hatte er zum Beischlaf gezwungen, indem er sie auf perfider Art und Weise mit zwei Schäferhunden bedrohte. Die anderen Beiden nötigte er mit einem vorgehaltenen Messer.

Einige Monate später kam es zum Prozess, und Evelyn wurde als Zeugin vorgeladen. Als sie vor dem Gerichtsaal auf einer Bank warten musste, fürchtete sie sich maßlos davor, ihrem Peiniger noch einmal gegenüber zu stehen. Zu ihrer Erleichterung brauchte sie der Verhandlung nicht beizuwohnen. Der Richter verzichtete darauf, sie in den Zeugenstand zu rufen. Ein umfassendes Geständnis des Sexualstraftäters über seine Gräueltaten hatten sie davor bewahrt. Aufgrund mehrfacher Vergewaltigungen und Nötigungen wurde der Angeklagte anschließend zu einer mehrjährigen Freiheitsstrafe verurteilt.

Heute ist Evelyn eine gestandene Frau mit bereits erwachsenen Kindern, und ist sich mehr, denn je bewusst, wieviel Glück sie damals gehabt hat. Doch die Erinnerung der Angst ist geblieben. Sie haftet an ihr und verfolgt sie seitdem, wie ein zweiter Schatten,
… voraussichtlich ihr Leben lang.

Andrea Böckmann

Seelenschmerz

Ich liege am Boden, niedergestreckt.
Mein Blick starrt in den Himmel,
der von dunklen, schweren Wolken
durchzogen.
Kein Lichtstrahl fällt zu mir herab.

Kann den Donner, aber nicht mehr meine Gedanken hören,
Der Himmel fängt an, sich zu ergießen.
In Strömen die Tropfen über meine Wangen fließen,
als wollten sie mich zerstören.

Möchte fliehen,
aufstehen, einfach weitergehen.
Ein Seelenschmerz hat mich gefesselt und geknebelt,
schaffe es nicht, mich zu erheben.

Wünschte mir ich hätte Flügel,
die mich durch dunkle Wolkenschichten trügen,
dahin, wo kein Blitz mich erreicht.
Da, wo das Licht anfängt,
und sich meine Fesseln lösen.
Dort, wohin mir der Schmerz nicht folgen,
ich meine Gedanken wiederfinden
und den Donner nicht mehr hören kann.

Liege immer noch am Boden,
immer noch niedergestreckt.
Habe meine Augen verschlossen,
kann nichts mehr sehen,
auch nicht die dunklen Wolken, wie sie vorüberziehen.

Die Regentropfen kann ich spüren,
wie sie immer heftiger mir ins Gesicht schlagen.
Mir ist kalt, ich fange an zu frieren.
In meinem Kopf, befinden sich zu viele Fragen.

Fragen, die mir keine Antwort sagen,

Meine Gedanken formen sich jetzt zu Flügeln,
die mich davontragen,
weit weg,
ganz weit weg,
um dann sanft, auf einem Stück Papier zu landen
und ich meine Lider wieder öffnen muss,
um zu sehen und zu begreifen.
Fesseln und Knebel mutieren zu einem Kuss.

Plötzlich bricht der schwarze Himmel auf.
Lichtstrahlen dringen von oben auf mich nieder.
Eine Wärme beginnt in mir zu fluten,
und jetzt kann ich es endlich fühlen.
Alles wendet sich zum Guten.

Ingrid Brandenburger

Auf dem Heimweg

„Was für ein toller Film! Witzig und amüsant."

„Oh ja, Rita. Und spannend auch." Rita und Käthe verließen, noch immer schmunzelnd, das Kino und bogen in eine kleine Seitenstraße ein, wo sie ihre Fahrräder in einem Unterstand abgestellt hatten. Seit zehn Jahren schon waren die beiden jungen Frauen Nachbarinnen und fast ebenso lange miteinander befreundet. Bezeichnend für ihre nachbarliche Freundschaft war der Einbau einer Gartenpforte zwischen ihren Gärten.

„Schade, dass unsere Männer nicht mitgekommen sind. Der Film hätte ihnen sicher auch gefallen. Was meinst du, Käthe, hätte Simon Spaß an diesem Film gehabt?"

„Aber ich wäre aus ganz anderen Gründen froh, wenn unsere Männer uns heute begleitet hätten. Nämlich wegen des Heimwegs."

„Käthe, hast du etwa Angst? … Wenn ich das gewusst hätte! Ich dachte immer, dir mache eine nächtliche Radtour - im Gegensatz zu mir - nichts aus. So haben sich jetzt zwei Angsthasen zusammengetan."

„Und ich dachte immer, du seist die Mutigere von uns beiden. Da müssen wir jetzt durch! Komm, steigen wir auf. Unsere Fahrräder sind in Ordnung. Wenn wir einen Zahn zulegen sind wir in zwanzig Minuten zu Hause. Und dann ist alles überstanden."

„Warte noch mal, bitte! Ich muss erst meinen Dynamo anmachen. So, es kann losgehen! Nein, doch noch nicht. Das Licht brennt nicht. Scheibenkleister. Ich versuch es nochmal. Guckst du mal, ob du was siehst?"

„Nein, es tut mir leid. Da leuchtet nichts. Dann muss uns eben meine Lampe reichen. Zum Glück scheint der Mond ein bisschen. Wir werden den Heimweg schon finden. Steig einfach wieder auf. Ich fahr voraus. Solange wir noch im Stadtgebiet von Oldenburg sind, geben uns die Straßenlaternen genügend Licht."

„Gut. Auf geht's."…

„Käthe, warum hältst du denn? Ist es dir hier auf der Landstraße doch zu dunkel?"

„Pscht. Sei leise! Guck mal da vorn. Da schiebt einer sein Fahrrad."

„Na und?"

„An dem fahr ich nicht vorbei. Der tut nur so, als hätte er eine Panne. Der will ja nur, dass wir ihn überholen. Und dann…"

„Wir sind doch zu zweit! Meinst du nicht, wir sind zusammen stärker als er allein?"

„Er könnte aber ein Messer haben. Oder gar eine Pistole."

„Ein bisschen unheimlich finde ich es inzwischen auch. Er tut, als ob er uns nicht bemerkt hat. Alles Verstellung! Wird er nicht sogar langsamer? Er provoziert ja nahezu, dass wir ihn überholen. In diesem Tempo sind wir um Mitternacht noch nicht zu Hause. Vielleicht sind unsere Ehemänner dann beunruhigt und kommen, um uns zu suchen. Toll wäre es, wenn man einfach sein Telefon von zu Hause mitnehmen könnte, um sich in Gefahrenmomenten wie dieser Hilfe herbeirufen zu können":

„Was du auch immer für Fantasien hast!"…

„Stopp, Rita. Wir müssen anhalten, weil er anhält! Der hat doch was vor. Was macht er bloß? Wartet er auf einen Komplizen? Wenn er wüsste, dass bei uns außer ein bisschen Taschengeld nichts zu holen ist, könnte er sich die Vorbereitungen auf einen Überfall sparen. Vielleicht hat er aber andere Absichten. Man hört ja so viel von Überfällen besonders auf junge Frauen. Meinst du, er hat uns schon beim Verlassen des Kinos beobachtet und als Opfer in Betracht gezogen?"

„Nein, Käthe. Das glaub ich nicht. Wie hätte er denn wissen können, welchen Weg wir einschlagen. Schließlich geht er voraus. Aber wissen möchte ich schon, warum er nicht weitergeht. Jetzt stellt er sein Fahrrad an den Chausseebaum. Ach Käthe! Er geht hinter den Baum: Er muss mal! So einfach ist das - oder ist das wieder irgendein Trick, um uns in die Irre zu führen. Wir müssen eben warten. Vorbeigehen wäre zu gefährlich. Wenn wir Glück haben, will er nur nach Kröss, und wir könnten die letzten zwei Kilometer bis nach Hause wieder radeln. ..... Jetzt packt er sein Fahrrad wieder am Lenker und schiebt weiter, als wäre nichts los. Einen Moment lang dachte ich, er träfe seinen Komplizen dort hinter dem Baum."

„Es ist nicht mehr weit bis Kröss. Nur noch diesen kleinen Berg hoch, und dann sehen wir, ob er nach links ins Dorf abbiegt, und wir unbehelligt nach Hause radeln können. So, los, du unheimlicher Fremder, Schreck der Landstraße, Frauenbelästiger, bieg jetzt nach Kröss ab!"

„Käthe, er reagiert nicht auf deine telepathischen Befehle. Er geht weiter. Wir werden diesen gruseligen Wegmacher noch weiter ertragen müssen. Wär' ja auch zu schön gewesen! Ich finde, wir sollten den Abstand zu ihm lieber etwas vergrößern. Stell dir vor, er dreht sich um und kommt auf uns zu. Mit mehr Abstand haben wir mehr Sicherheit vor ihm. Na, sehr lange wird er nicht mehr seine abscheuliche Freude am Angstmachen haben, jedenfalls nicht mit uns. Bald sind wir es nämlich, die abbiegen, du Frauenschänder, und du kannst sehen, welche Opfer du dann noch so spät auf dieser einsamen Landstraße findest. Wir sind dann in unserem Dorf, schon bald in Rufweite zu unseren Ehemännern."…

„So, Käthe, hier ist immerhin schon das Ortsschild Altgalendorf. Man fühlt sich gleich etwas sicherer. Lass uns an der Meierei noch weiter zurückbleiben, damit er nicht sieht, wenn wir in die Dorfstraße einmünden. Ich sehe ihn jetzt an der Bushaltestelle. Gleich können wir aus unserer Deckung raus. Oh er biegt rechts ab in die

Dorfstraße. Woher weiß er, dass wir nach Altgalendorf wollen? Was machen wir nun?"

„Wir müssen ganz schnell hinterher, damit wir ihn nicht aus den Augen verlieren. Sonst überfällt er uns aus einem Hinterhalt. Am besten wir halten unsere Luftpumpen schon mal griffbereit. Ich glaube, ein Schlag mit der Luftpumpe bringt mehr als mit der Hand. Ich kann ihn wieder sehen. Guck mal Rita, er geht auf euren Hof zu. Er wird immer frecher! Wie konnte er wissen, wo wir wohnen?"

„Er geht aber nicht auf unser Haus zu, Käthe, siehst du, sondern zum Altenteiler Haus und bleibt stehen, als ob er auf uns wartet. Nein, er sucht nach seinen Schlüsseln… Ah, jetzt erkenn ich ihn: Heinz steht da vor seiner Haustür. Guten Abend, lieber Schwager. Auch so spät dran? Hast wohl einen platten Reifen".

„Ja. Und ihr? Habt ihr auch eine Fahrradpanne?"

„Nein, wir hatten nur keinen Begleitschutz."

Ingrid Brandenburger

Die Geige

Georg

Wie nett, dass sie da drüben das Fenster offen gelassen haben! So kann ich dem schönen Geigenspiel lauschen. Das ist kein Vorspielen. Eher klingt es wie Üben. Einzelne, etwas schwierige Passagen werden wiederholt, bis sie perfekt gelingen. Der saubere, weiche Bogenstrich der oder des Musizierenden ist eine Freude anzuhören. Jetzt versucht sie oder er sich an Vivaldis „Vier Jahreszeiten", eine wirklich anspruchsvolle Musik. Sowohl virtuos als auch musikalisch. Ich mag Musik, auch wenn sie noch geübt wird. Man kann beim Zuhören des Einübens eines Musikstücks beobachten, wie es sich entwickelt.

Diese Parkbank ist ein ausgezeichneter Platz für meinen überraschenden Musikgenuss. Hinter mir der Stadtpark mit frühlingshaftem Vogelgesang, wie bestellt zu Vivaldis „Vier Jahreszeiten", über mir Sonnenschein, vor meinem Gesicht die mich versteckende Zeitung. Das Einzige, das die Idylle stört, sind hin und wieder vorbeifahrende Autos. Aber so ist das Leben! Es besteht auch aus Realität! Ein Träumer, wer sich sein Leben aus Idylle und Romantik einzurichten versucht.

Liz und ich waren Träumer, haben uns damals Illusionen hingegeben, als wir nach Kanada auswanderten. Verliebt ineinander, wie wir waren, und glücklich über unsere neue Zweisamkeit, wollten wir einen neuen Weg zusammen gehen, möglichst weit weg von unserem bisherigen Leben. Unsere Aufbruchsstimmung ging einher mit romantischen Vorstellungen vom gemeinsamen Leben in Kanadas Natur. Mit den Jahren wurde uns klar, dass der Wunsch, weit weg zu wollen, eher einer Flucht oder eines Versteckens gleichkam als dem eines reinen Neuanfangs. Als wir das kleine Hotel für Wanderer und Skifahrer in Banff leiteten und nach all der anfänglichen Aufregung des Auswanderns der etwas gemäßigtere Alltag einkehrte, wichen unsere Illusionen langsam den realistischeren Erkenntnissen.

Es ist still geworden. Die musikalische Darbietung ist beendet. Jetzt gibt es nur noch das Vogelkonzert, gelegentlich gemischt mit Motorengeräuschen. Die Eingangstür des gegenüber liegenden Hauses fällt ins Schloss. Ein junges, blondes Mädchen mit Pferdeschwanz tritt heraus auf den Treppenstein und bückt sich, um nach dem Abschließen ihre abgesetzten Utensilien zu ergreifen, unter anderem einen Geigenkasten. Mehr kann ich in dem kurzen Augenblick meines Aufschauens aus der Deckung hinter meiner Zeitung nicht beobachten. Sie war es also, die so schön musiziert hat.

Martina

„Pass auf dich auf, Martina!"

Nie vergisst sie, mir das hinterher zu rufen, wenn ich das Haus verlasse. Oder: „Sei vorsichtig! Lass dich nicht von Fremden ansprechen!" Manchmal auch: „Komm vor der Dunkelheit zurück!"

Das nervt. Ich bin doch kein Kleinkind mehr mit meinen fünfzehn Jahren. Fast an der Schwelle zum Erwachsenwerden. Wenn Laurids weggeht, fragt sie nur, wann er wiederkommt, und ob er wohl zum Essen wieder zurück sei. Dabei ist er nur ein Jahr älter als ich. Aber er ist eben ein Junge. Das macht den Unterschied. Das gluckenhafte Verhalten bezieht sich hauptsächlich auf mich. Welche Gefahren sollten mir auf dem relativ kurzen Weg zum Geigenunterricht schon drohen. Ich bin sportlich, ziemlich stark und schnell. Außerdem traue ich mir so viel Intuition zu, Personen mit schlechten Absichten zu erkennen und ihnen aus dem Weg zu gehen. So einer wie der da drüben auf der Parkbank zum Beispiel tut bestimmt niemandem etwas zu Leide. Der wirkt völlig harmlos. Und dennoch passt er irgendwie nicht dorthin. Ein Mann mittleren Alters, nach der Haltung und seiner Garderobe, soweit ich sie sehen kann, zu schließen. Die Zeitung verdeckt seinen Oberkörper. Gut gekleidet, würde Mama sagen. Ein gutgekleideter Mann mittleren Alters also. Ein Berufstätiger seines Typs befindet sich entweder am Arbeitsplatz oder verbringt seine Freizeit in der Familie oder beim Sport. Aber nicht auf Parkbänken. Dort sitzen eher Arbeitslose, Wohnungslose, Jugendliche, die auf Freunde warten, Pärchen oder Mütter mit spielenden Kleinkindern. Warum liest er seine Zeitung hier auf der Parkbank?

Ich freue mich schon auf den Geigenunterricht. Frau Jessen wird mit mir zufrieden sein. Ich habe intensiv geübt und bin mit den ‚Vier Jahreszeiten' schon sicherer geworden. Mama bewundert mich wegen meines Geigenspiels. Sie selbst hat kein Musikinstrument gelernt, was sie sehr bedauert. Aber jetzt sei es zu spät, meint sie.

„Wenn ich noch mal ein Kind sein könnte, würde ich wahnsinnig gern Klavierspielen lernen. Nun erfüllt ihr beiden meine nicht ausgelebten Kindheitsträume: Laurids auf dem Klavier und du auf der Geige. Dein Vater hat auch ganz toll Geige gespielt. Ich glaube, du stehst ihm heute nicht mehr viel nach".

Warum erzählt sie mir nicht mehr von ihm? Sie muss doch wissen, dass Kinder ihre Wurzeln ergründen wollen. Wurzeln können nur Halt geben, wenn man sie kennt. Aber sie hüllt sich in Schweigen. Als wir klein waren, ließ sie uns glauben, unser Vater sei gestorben. Aber vor einigen Jahren erklärte sie, er sei nach Amerika ausgewandert. Noch vor meiner Geburt. Warum nur er? Warum nicht die ganze Familie? Manchmal denke ich, er ist vorausgefahren, um alles für eine Übersiedlung der Familie vorzubereiten, und dann ist ihm möglicherweise etwas zugestoßen.

So, ich bin da! Frau Jessen steht schon am Fenster und sieht mich. Gleich wird sie den Summer drücken. Ich muss gar nicht mehr klingeln.

Georg

Ich bin sehr froh, dass Simone Heikes neue Adresse ausfindig machen konnte. Gleichzeitig bin ich unsicher, wie ich damit umgehe. Anrufen? Einfach an der Tür klingeln? Simone um Vermittlung bitten? Als Schwester würde sie mir wohl diesen Gefallen tun. Aber ich habe Angst vor einem Wiedersehen mit Heike, fürchte mich vor ihren berechtigten Vorwürfen. Meine Schuldgefühle lähmen mich. Noch weiß ich meine nächsten Schritte nicht. Zunächst bin ich wieder in dem Park, in dessen unmittelbarer Nachbarschaft Heike jetzt mit den Kindern wohnt. Keine schlechte Wohnlage. Wie schön für sie und die Kinder. Heute sitze ich nicht wieder Zeitung lesend auf der Bank, sondern mache einen sich immer wiederholenden Spaziergang. Ich glaube, die Zeitung passte nicht so ganz. Aber immerhin habe ich Martina kurz sehen und vorher ihr Geigenspiel hören können, ohne allerdings in dem Moment zu wissen, dass sie es war, die so schön musizierte. Welch ein Überschwang an Emotionen stürzte in nur ganz wenigen Minuten auf mich ein: Ich sehe wie ein hübsches junges Mädchen das Haus verlässt, und mir wird klar: Das ist meine noch nie gesehene Tochter. Sie spielt Geige wie ich.

Aber das stimmt ja gar nicht! Oder es stimmt nicht mehr. Ich spiele ja kaum noch. Seit unserer Auswanderung habe ich nur noch ganz selten gespielt, weil Liz es nicht mochte. Ob ich überhaupt noch etwas zu Stande brächte auf meiner früher so geliebten Geige? Liz fühlte sich immer zurückgesetzt und zu wenig beachtet, wenn ich musizierte. Wie sie mich missverstanden hat! Ich wollte doch für sie spielen.

Das war wohl ihr generelles Problem. Immer meinte sie, zu wenig Aufmerksamkeit zu bekommen. Sie litt darunter. Irgendwann in den ersten Jahren in Kanada, hat sie mir erzählt, wie schlecht es ihr in ihrer Kindheit ergangen sei, immer im Schatten ihrer großen Schwester gestanden zu haben. Die Eltern hätten ihr immer Heike als großes Vorbild hingestellt und hätten deren Talente, Fleiß und Zuverlässigkeit mit Liz' angeblicher Unbegabtheit, Faulheit und Nachlässigkeit verglichen. Heike hätte immer alles richtig gemacht in den Augen der Eltern, dagegen seien sie mit Liz ständig unzufrieden gewesen. Selbst mit ihrem Namen fühlte Liz sich benachteiligt. Elisabeth hatten die Eltern ihre Jüngste getauft. Ich finde den Namen ausgesprochen hübsch. Aber Liz fand ihn zu altmodisch und ließ sich, seit sie das Elternhaus verlassen hatte, Liz nennen.

Angesichts der Tatsache, dass Liz meine Schwägerin wurde, habe ich sie erst relativ spät kennengelernt, erst auf Heikes und meiner Hochzeit. Wie ein Wirbelwind schneite sie mit Verspätung in die Hochzeitsgesellschaft hinein. Aller Augen waren auf sie gerichtet. Im cremefarbenen langen Kleid - weiß war ja der Braut vorbehalten -, elegant aufgesteckten schwarzen Haaren und sehr gekonnt geschminktem Gesicht erfuhr sie jede Menge Aufmerksamkeit. Mit temperamentvollen großen Schritten - trotz des langen Kleides - eilte sie auf uns, das Hochzeitspaar, zu, um uns zu begrüßen und vor allem uns zu gratulieren.

„Liebe Heike, ich gratuliere dir ganz, ganz, ganz herzlich zu deiner Hochzeit. Ich wünsche euch beiden alles Gute für eure Ehe. Immer Sonnenschein und gute Laune! Und… ich gratuliere dir zu deinem tollen Ehemann".

Ganz ungeniert und unangemessen flirtete sie an meinem Hochzeitstag mit mir. Ich fand das ausgesprochen peinlich, und es tat mir für Heike sehr leid. Liz wirkte auf mich wie ein ungezügeltes oder unbedachtes Temperamentbündel. Trotz meiner Vorbehalte fühlte ich mich von ihrer Lebhaftigkeit beeindruckt. Beim Essen saß sie mir gegenüber und versuchte, mir tief in die Augen zu sehen. Ohne Rücksicht auf Heike und die Hochzeitsgäste. Mit Mühe gelang es mir, ihren Blicken auszuweichen. Ich fand ihr Verhalten zwar unangenehm, dennoch reizte es mich. Ein bisschen wie der Reiz von etwas Verbotenem. Heike ließ sich nicht anmerken, ob ihr Liz' Verhalten auffiel. Sie blieb freundlich und lieb wie immer. Vielleicht hatte sie ihre Schwester schon bei anderer Gelegenheit mit dieser Aufdringlichkeit erlebt und war daran gewöhnt. Oder sie nahm das Benehmen nicht ernst. Möglicherweise aber war sie zu stolz, Gekränktheit zu zeigen. Wir haben nie darüber gesprochen. Gott sei Dank! Heike hätte mir sonst vielleicht anmerken können, dass mich die von Liz ausgesandten Signale nicht unberührt ließen.

Ob Martina mir wohl heute wieder begegnet? Jetzt bin ich diesen Weg im Park, der parallel zur Straße führt, schon vier- oder fünfmal entlang spaziert. Ein Mal gehe ich ihn noch!

Martina

Seit Mama nicht mehr mit Hartmut zusammen ist, klammert sie sich mehr an uns Kinder. Zu Harmuts Zeiten hatte sie einfach mehr um die Ohren, weil Hartmut und sie viel unternommen haben. Die Apotheke nimmt sie nach wie vor gleichermaßen in Anspruch. An ihrer Arbeitszeit hat sich nichts geändert. Am Haushalt eigentlich auch nichts. Seit Laurids und ich größer sind, nehmen wir ihr einiges ab. Aber die Freizeit! Ihre ganze Freizeit will sie mit uns verbringen oder wenigstens bis ins Detail wissen, was wir tun und wo wir sind. Als Hartmut noch eine Rolle in ihrem Leben gespielt hat, war sie so gut ausgefüllt, dass sie uns an der langen Leine hielt. Das tat unserer Selbstständigkeit bestimmt gut. Ich habe mich mit Hartmut immer gut verstanden und hätte ganz gerne gesehen, wenn die beiden geheiratet hätten. Mit Laurids war es etwas schwieriger. Es gab fast so etwas wie eine Rivalität zwischen Harmut und Laurids um Mamas Gunst. Wer weiß, vielleicht hat das zur Trennung geführt.

Wenn ich jetzt nach Hause komme, hat Mama sicher schon das Essen fertig. Heute hat sie ihren freien Nachmittag und wartet schon. Darum konnte ich nach dem Sport auch nicht mehr mit den anderen zum Eisessen gehen. Der Weg durch den Park ist eine angenehme Abkürzung. Es ist noch ziemlich viel Betrieb hier heute. Gerade begegnet mir ein freundlicher Spaziergänger. Natürlich kann ich nicht wissen, ob er freundlich ist. Ich finde nur, er lächelt mir so freundlich zu, als ob er mich gleich grüßen würde, tut es aber doch nicht. Komisch! Meine Intuition meldet nicht „Gefahr", sondern „angenehme Begegnung". Wenn ich Mama davon berichte, wird sie mich ermahnen, nicht mehr die Abkürzung durch den Park zu nehmen. Also werde ich nichts sagen.

„Schön, dass du schon da bist, meine Kleine! " begrüßt mich Mama. „Dein Lieblingsessen, Germknödel, ist fertig". Weder fühle ich mich klein noch sind Germknödel mein Lieblingsessen. Aber sie machen wenig Mühe beim Kochen. Vielleicht ist es ja daher ihre liebste Speise.

„Ich bring nur eben mein Sportzeug weg und wasch mir die Hände. Dann bin ich bei dir".

Georg

Heute mache ich größere Runden durch den Park in der Hoffnung, Martina auf dem Heimweg von der Schule zu begegnen. Wahrscheinlich habe ich sie verpasst. Schade! Gespannt bin ich auch auf Laurids. Vielleicht habe ich ihn schon gesehen, ohne zu ahnen, dass er es ist. Sechzehn ist er jetzt. Wenn er nach mir kommt, ist er wahrscheinlich groß und schlank und blond. Gestern ist niemand aus dem Haus gekommen. Da heute wieder Martinas Geigenunterricht stattfindet, warte ich noch bis später. Sie wird vermutlich wieder um dieselbe Zeit wie am letzten Donnerstag das Haus verlassen und, wenn ich Glück habe, wieder vorher üben. Und wenn ich noch mehr Glück habe: am offenen Fenster üben. Ich sitze wieder auf meiner Bank dem Haus gegenüber, und tatsächlich bekomme ich wieder mein Musikvergnügen. Heute bin ich nicht mehr hinter einer Zeitung versteckt. Im Gegenteil: Ich überlege, mich zu erkennen zu geben. Darum habe ich meine Geige neben mich gestellt. Vielleicht bietet die Geige einen Gesprächseinstieg. Die Musik hört auf. Jetzt kommt sie sicher bald.

Die Tür fällt ins Schloss, und auf dem Treppenstein stehen beide: Laurids und Martina, meine so lange vermissten und herbeigesehnten Kinder. Laurids sieht von weitem tatsächlich ein wenig wie ich als Jugendlicher aus. Jedenfalls figürlich. Die Haare trägt er aber wesentlich kürzer. Er ist noch zu weit entfernt, um seine Gesichtszüge zu beurteilen. Als ganz kleiner Knirps hatte er eher Ähnlichkeit mit Heike und auch mit Liz als mit mir. Ich wünsche mir so sehr, meine beiden Kinder endlich kennen zu lernen. Ich hätte sie nie verlassen sollen! Meine Schuld war, Liz' Verführungskünsten doch irgendwann verfallen zu sein. Wenn ich auch in Liz verliebt war, wollte ich trotzdem keine Trennung von Heike, sowohl Heikes als auch der Kinder wegen. Heike war es, die den Schlussstrich zog. Sie reichte konsequent die Scheidung ein, als sie von meiner Affäre mit ihrer Schwester erfuhr. Für sie war das Maß mit diesem Doppelbetrug voll. Unwiderruflich!

Wenn Martina meinen Geigenkasten sieht, äußert sie sich womöglich dazu.

„Spielen Sie auch Geige?" könnte sie zum Beispiel sagen.

Martina

Laurids kommt heute mit zum Geigenunterricht. Frau Jessen hat vorgeschlagen, dass er mich auf dem Klavier begleitet. Sie meint, ihre Unterstützung könnte uns beiden im Zusammenspiel helfen. Ich freue mich schon darauf. Wir gehen durch den Park, weil es einfach schöner ist als auf der Straße. Auf der Bank da vorne sitzt der freundliche Herr, der mich dann doch nicht gegrüßt hat, nachdem er mir erst freundlich zugelächelt hatte. Auch heute lächelt er uns beiden zu, als ob wir alte Bekannte seien.

„Kennst du den?" fragt Laurids mich leise. „Nur vom Ansehen", flüstere ich.

Der Mann sieht uns erwartungsvoll an, wie mir scheint. Doch es kommt kein „Guten Tag" oder „Hallo".

Dann ergreife ich eben die Initiative! „Hallo" sage ich, ihm zunickend. Und dann, mit Blick auf seinen Geigenkasten: „Sie spielen wohl auch Geige."

„Ja, seit meiner Kindheit schon. Aber ich bin ein bisschen aus der Übung gekommen. Leider!"

„Wie schade!" sagt Laurids. „Unser Vater soll auch Geige gespielt haben, sehr gut sogar. Ich hoffe, er ist nicht aus der Übung".

Merkwürdig. Der bisher so freundliche Herr antwortet nicht auf Laurids' Bemerkung, sondern steht abrupt auf, nickt uns noch einmal zu und entfernt sich langsam und zögernd. Mit gesenktem Kopf als bedrücke ihn etwas oder mache ihn unglücklich. Was ist passiert? Was haben wir nicht mitbekommen? Ich versuche, ihn aufzuhalten.

„Dürfen wir mal Ihre Geige sehen? Vielleicht sogar hören?"

Georg

Ich wollte gerade aufbrechen, oder besser gesagt, fliehen.

Wie komme ich da nur raus? In diesem Augenblick hatte ich für mich beschlossen, mich doch nicht zu erkennen zu geben. Ich muss mir eingestehen, dass ich feige bin. Die beiden sind so liebenswerte Jugendliche. Sie haben keinen schlechten Vater, wie ich einer bin, verdient. Wenn ich meinen Namen preisgebe, wissen sie, wer ich bin und was ich meiner Familie angetan habe. Mein Name steht im Geigenkasten. Ich zögere noch ein bisschen. Soll ich oder soll ich nicht auf Martinas Wunsch eingehen? Noch vor ein paar Minuten, war ich entschlossen, dieses Abenteuer abzubrechen. Jetzt schwanke ich. Vielleicht war es ein Wink des Schicksals, dass Martina mich aufforderte, ihr meine Geige vorzuführen.

Martina sieht den Namen zuerst.

„Sie heißen Georg Sendler? Wie unser Vater!" ruft sie aus.

„Ich bin euer Vater"

Über den Tassenrand

Anja genoss ihren Cappuccino in dem kleinen Café in der Holtenauer Straße. Der Vormittag war bisher sehr hektisch gewesen, weil sie sich selbst zu viele Termine aufgebürdet hatte. Wegen langer Wartezeiten und schwieriger Parkplatzsuche ging ihr Zeitplan nicht auf. Sie fühlte sich gestresst, sodass ihr Fahrstil nicht mehr wie in gewohnter Weise gelassen war. Höchste Zeit für eine Pause! Jetzt um die Mittagszeit konnte sie ohnehin keine Kunden erreichen und genoss die Entspannung in dem netten kleinen Café. Wie schön, dass man schon draußen sitzen konnte! In diesem Jahr schien der Frühling sehr früh einzukehren.

Als Anja den letzten Schluck ihres Cappuccinos nahm, sah sie zufällig über den Tassenrand. Der Mann, der gerade in diesem Moment auf das Eckhaus zwischen der Holtenauer Straße und dem Brauereiviertel zuging, war nur für Sekunden in ihrem Blickfeld, dann verschwand er im Haus. Zeitlich ganz weit Entferntes spulte sich blitzschnell vor Anjas Innerem ab: Die Johannisstraße in Oldenburg morgens kurz vor acht Uhr. Ein Strom von Schülern bewegt sich in Richtung Hohe-Luft-Straße wie jeden Morgen. Vor Anja gehen drei Jungen aus höheren Klassen. Sie kennt sie nur vom Namen und vom Wohnort, wie man Mitschüler an relativ kleinen Schulen eben kennt. Nicht persönlich. Der Linke aus der Gruppe, Ralf Petersen, fällt ihr wegen seines speziellen Ganges auf. Er ist wesentlich größer als seine Kameraden. Anja schätzt ihn auf ein Meter und neunzig, oder gar mehr. Beim Gehen schleudert er seine langen Beine nach vorn, bevor er die Füße fest aufsetzt. Das sieht aus, als wenn die Beine ein bisschen schlackern vor dem Auftreten. Die linke Schulter hält er extrem hoch. Muss er sie so hoch ziehen wegen seiner Schultasche, die er unter dem linken Arm trägt? Solch kleine Schultasche - es ist noch der Ranzen aus seiner Grundschulzeit – kann wohl kaum der Grund für diese Haltung sein.

Die nächste Assoziation, die sich Anja aufdrängt, als sie den großen, schlanken Mann mit der hochgezogenen linken Schulter und den schleudernden langen Beinen auf das Eckhaus zugehen sieht, ist ein Foto von ihr und Ralf auf der Fähre von Großenbrode nach Gedser. Sie stehen an der Reling auf einem der höheren Decks und schauen auf das niedrigere Deck zu dem Freund, der sie fotografiert. Die Perspektive scheint Anja wegen des Höhenunterschiedes nicht besonders günstig zu sein. Dennoch fällt ganz eindeutig Ralfs hochgezogene Schulter auf. „Hält er die Schulter so, weil er den anderen Arm um mich legt und sich zu mir hinüber beugt?" überlegt sie. „Ich glaube, zu der Zeit waren wir schon seit zwei Jahren ein Paar." Anja erinnerte sich, dass sie auf dieser Fährfahrt das berühmte dänische Buffet genießen wollten und sich dafür - in ihren Augen eine gute Vorbereitung - mehr als eine Stunde der dreistündigen Überfahrt an Deck aufhielten, weil ja Seeluft bekanntlich Appetit macht. Leider gab es eine riesige Enttäuschung: Das Buffet wurde gerade abgeräumt, als sie mit ihrem Seeluftappetit erschienen.

Erinnerungen an Spaziergänge im Nanndorfer Weg, der bei den Nanndorfern der Altgalendorfer Weg hieß, mit endlos langen Gesprächen schoben sich jetzt vor Anjas Gedanken an die Dänemarküberfahrt.

„Wir sind miteinander erwachsen geworden", denkt sie. „Die gemeinsamen vier Jahre in einer Zeit der entscheidenden Entwicklung vom Jugendlichen zum Erwachsenen waren sehr prägend für uns beide. Wir hatten Diskussionen über unsere Elternhäuser, die Schule, Berufsausbildungsideen, Literatur, Philosophie, Musik und vieles andere mehr, was für junge Menschen auf dem Weg zum Erwachsenwerden wichtig ist."

Auch hier gibt es ein Erinnerungsfoto, das sie mit Selbstauslöser geschossen hatten: Ralf wieder in seiner typischen Haltung, linke Schulter hochgezogen, rechte Schulter gesenkt, zu Anja geneigt.

„War das nun wirklich Ralf, der gerade in dieses Haus gegangen war?" überlegte sie. „Ich hätte zu gern Gewissheit! Sollte ich ihm einfach nachgehen, um es herauszufinden?" Anja bezahlte ihren Cappuccino und ging auf das große Haus an der Ecke zu. Vor dem monumentalen Eingang zögerte sie ein wenig, dann trat sie schließlich doch ein und sah sich um. Eine Versicherungsgesellschaft, ein Rechtsanwaltsbüro, ein Haustechnikunternehmen und eine Arztpraxis waren hier in diesem Haus untergebracht. Was nun? Was hätte sie zum Beispiel an der Rezeption des Rechtsanwalts sagen sollen? Etwa „Ich suche einen Mann mit schleudernden Beinen und schiefer Haltung?" Unmöglich! Im vierten Stock gab es die Arztpraxis eines ihr gut bekannten Arztes. Dort hätte sie wohl den Grund ihres Kommens nennen mögen.

„Aber wenn Ralf dort sitzt, wär es mir doch irgendwie unangenehm, so hinterherzulaufen. Und wenn er es nicht ist, wär es auch peinlich, dass ich auf Grund einer Körperhaltung und eines wiedererkannten Ganges jemanden suche."

Anja verbrachte mehrere Minuten auf dem Flur vor der Praxis. Unschlüssig. Sie ging auf die Eingangstür zu, hob schon fast die Hand zur Klingel und traute sich doch nicht. Obwohl die Neugier sie packte und auch der Wunsch, Ralf wiedersehen zu können, verschob sie ihre Nachforschungen auf später.

Sie sollte recht behalten: Es war Ralf gewesen, den sie trotz der dazwischenliegenden Jahrzehnte in einem äußerst kurzen Augenblick über den Tassenrand wiedererkannt hatte.

Ingrid Brandenburger
Wilhelm

Zufrieden bestieg Wilhelm den kleinen Pferdewagen, um nach Hause zu fahren. Das Kartoffellegen hatte er rechtzeitig bis zu seinem Feierabend geschafft. Er arbeitete gern im Oldenburger Bruch. Sein Chef besaß hier etwa einen Hektar Land. Das einzige Feld, das vom Hof und den anderen Feldern und Wiesen in einiger Entfernung lag. Man musste zuerst bis Oldenburg fahren, die Stadt durchqueren, um am anderen Ende über die Kuhtorstraße zum Bruch zu kommen. Das erschwerte die Feldbestellung ein bisschen, machte sie eben umständlich. Aber Wilhelm freute sich immer, wenn er im Bruch arbeiten konnte, weil die Landschaft ihn an seine Heimat Masuren erinnerte. Hier, im Oldenburger Bruch, war während des Mittelalters durch die Verlandung eines Ostseearmes, dem Oldenburger Graben, eine moorige Landschaft mit Birken, Pappeln, Farnen und Wollgras entstanden. Ähnlich seiner Heimat Masuren mit den vielen Seen. Die Erde, in die er heute die Kartoffeln gelegt hatte, war pechschwarz, so schwarz wie die damals zu Hause, als er mit seiner Schwester Emma gemeinsam zum letzten Mal Kartoffeln in die Erde gebracht hatte. Das war noch vor dem Krieg. „Das muss wohl 1937 gewesen sein", überlegte er. „Denn 1938 war ich schon in der Lehre im Nachbardorf und hatte keine Zeit mehr gehabt, Emma zu helfen. 1939 wurde ich zum Militär eingezogen und war auf unserem Hof, den Emma und ich seit dem Tod unserer Eltern allein bewirtschafteten, nur noch im Urlaub."
Wilhelm saß gedankenverloren auf dem Kutschbock seines kleinen Gefährtes. Die Stute Wanda, das treueste, klügste und liebste Pferd aus dem Stall seines Chefs, kannte den Heimweg genau, bedurfte also keiner Führung durch den Kutscher. Während Wanda ihn aus dem Bruch

zunächst in Richtung Stadt brachte, überfielen Wilhelm zunehmend Erinnerungen an die verlorene Heimat und die verlorene Familie.

Bei ihrem letzten gemeinsamen Kartoffellegen waren Emma fünfundzwanzig und er, Wilhelm, siebzehn Jahre alt gewesen. Emma erwartete gerade ihr erstes Kind. So musste Wilhelm den weit größeren und anstrengenderen Teil der Arbeit übernehmen. Aber das tat er gern. Emma stand ihm sehr nahe. Sie hatte sich nach dem Tod ihrer Mutter ganz liebevoll um ihn gekümmert. Das hatte die Geschwister sehr miteinander verbunden, vielleicht mehr, als allgemein unter Geschwistern üblich ist.

Später konnte er außer in seinen kurzen Urlauben - zuerst von der militärischen Ausbildung und dann vom Krieg - Emma nicht mehr beistehen. Da ihr Mann ebenfalls zur Wehrmacht eingezogen worden war, musste sie als junge Mutter von zwei Kleinkindern die Landwirtschaft allein bewältigen.

Seit dem Herbst 1944 hatten Emma und er keinen Kontakt mehr. Er kämpfte damals an der Ostfront. An Urlaub war nicht zu denken. Und selbst die Feldpost, die bisher immer bewundernswert funktioniert hatte, zeigte inzwischen Schwächen. Man wusste nie, wenn keine Post kam, ob es am Fehlen von Geschriebenem oder Schreibern lag, oder am Versagen der Übermittelung. Als Wilhelm im Mai 1945 mit einem der letzten Schiffe aus dem Kessel in Kurland nach Schleswig-Holstein kam, wusste er nicht, ob Emma vor den einmarschierenden Russen hatte fliehen können, oder ob sie auch zu denjenigen Ostpreußen gehörte, die ihre Heimat nicht mehr verlassen konnten oder durften, oder ob sie möglicherweise zu den in die Sowjet-Union verschleppten Deutschen zählte. Nichts wusste er.

Wandas Hufe klapperten im Rhythmus ihres Schritt-tempos auf dem Steinpflaster der Kuhtorstraße. Der Kutscher saß zusammengesunken mit hängendem Kopf auf seinem Bock, die Zügel schlaff in der Hand. Seine gute Stimmung, hervorgerufen durch das Landschaftserlebnis Bruch, war hin.

„Eigentlich sollte ich nicht Trübsal blasen", dachte er. „Ich sollte froh sein, den Krieg lebend und ohne Kriegsversehrung überstanden zu haben. Eine lange Gefangenschaft nach dem Krieg ist mir ebenfalls erspart geblieben. Ein dreiviertel Jahr Internierung durch die Engländer auf dem Hof der Familie Ochsen hier in Ostholstein war auszuhalten. Es gibt schlimmere Schicksale. Der Hunger war wohl arg, aber sonst ließ es sich ertragen. Klar wollten wir alle gern nach Hause, jetzt wo der Krieg vorbei war. Aber ich hätte ohnehin nicht nach Hause gekonnt. Nach Ostpreußen konnte man nicht mehr. Als Internierter hatte ich manchmal Gelegenheit, auf dem als Lager dienenden Hof in der Landwirtschaft zu arbeiten und vor allem mit der Familie zu essen. Das waren dann immer ein paar hungerfreie Tage. Jetzt arbeite und esse ich immer bei der Familie, seit drei Jahren schon. Wo hätte ich sonst auch hin sollen? Meine Heimat gibt es nicht mehr, und meine Familie finde ich nicht."

Jetzt dachte er nur noch an die vielen vergeblichen Versuche, seine Verwandten über den Suchdienst des Deutschen Roten Kreuzes zu finden. Seit drei Jahren schon richtete er immer wieder Anfragen an ihn und verfolgte selbst jeden Sonntag am Radio stundenlang die Suchanfragen anderer.

„Gesucht wird der kleine Walter Jordan, blond, vier Jahre alt. Zuletzt gesehen in Danzig. Er trug eine blaue Hose und einen grauen Mantel…" Oder: „Die kleine Gertrud (Nachname unbekannt) sucht ihre Eltern. Gertrud wurde am Stettiner Haff von zwei Soldaten mitgenommen. Sie war bekleidet mit einem roten Kleid und einem schwarzen Wintermantel und hatte einen hellbeigen Teddy bei sich."

Wanda zuckelte mit dem kleinen Wagen und dem

traurigen Kutscher die Kuhtorstraße hinauf. Mehrere Passanten liefen nicht nur auf den Gehwegen, sondern auch auf dem Fahrweg. Wilhelm musste nun doch ein wenig aufpassen. Eine hoch aufgewachsene junge Frau überquerte die Fahrstraße ziemlich dicht vor Wanda. Frech! Wie leichtsinnig, dachte er. Und zu ihr gewandt: „Hallo, junge Frau, passen Sie doch auf!"

Als sie sich zu ihm umdrehte, erschrak er. Sie sah aus wie Emma. Hatte er jetzt so intensiv an früher gedacht, dass er in vorbeigehenden Frauen schon seine Schwester zu erkennen glaubte?

„Wil--helm?" kam es zögernd, fragend von der jungen Frau, die inzwischen an der Seite der Kutsche angekommen war und zu ihm hinaufsah. Und dann laut, bestimmt und freudig: „Wilhelm!!!"

Gisela Eichholz

Abgehoben

Versonnen lächelnd schob ich die Vasen auf meinem Schreibtisch dichter zusammen. So war mehr Platz für alle Geschenke, Sachbücher, Romane, feinste Schokoleckereien und andere Aufmerksamkeiten, die ich erhalten hatte. Die Blumensträuße verwandelten den nüchtern eingerichteten Büroraum, der an der Nordseite des Werkstattgebäudes liegt, in ein Blütenmeer. An heißen Tagen hatte ich die Vorzüge dieser Lage schätzen gelernt. So manchen Text, so manches Konzept hatte ich hier für die Stiftung Drachensee mitgeschrieben und entwickelt. Noch einmal setzte ich mich auf den mir so vertrauten Bürostuhl. ‚Abschied nehmen, ein letztes Mal hier sitzen‘, dachte ich, und strich mit meinen Handflächen behutsam über die Schreibtischplatte, - so, als ob ich die Oberfläche streicheln würde. Mein letzter Arbeitstag, unwiderruflich! Ich ließ Menschen zurück, mit denen ich Tag aus Tag ein vertrauensvoll zusammengearbeitet, gelacht, diskutiert und gemeinsam gewirkt hatte. Dankbarkeit erfüllte mich. Fast vierzig Berufsjahre in der Arbeit mit Menschen mit Behinderungen gingen zu Ende. Ich spürte, wie Melancholie in mir aufkam. Meine Gedanken schweiften zu meinem ersten Arbeitstag in der Werkstatt zurück. Just in diesem Raum, der später zu meinem Büro wurde, hatte mir ein Kollege eine Tasse Kaffee angeboten. Eine Geste, die eine gute Basis für unsere spätere Zusammenarbeit geworden war. Damals trug ich noch keine Brille, und meine Haare glänzten noch in einem kräftigen Braunton, nicht so graumeliert wie heute. Laut Lohnsteuerkarte war ich, als ich die Stelle antrat, verheiratet, allerdings mit einem anderen Mann als heute. Das Leben ist halt beweglich!
Das Telefon klingelte. Ich hob in der Erwartung, dass mir

74

noch jemand ein letztes Tschüss mit auf den Weg geben wollte, ab. Weit gefehlt! Am anderen Ende der Leitung hörte ich meinen Mann fragen, ob ich etwas früher nach Hause kommen könnte. Er wollte mit mir an den Strand fahren, es war ein strahlend sonniger Hochsommertag, und nach dem Baden könnten wir noch Kaffeetrinken gehen. Unseren Rucksack mit den Handtüchern hätte er schon gepackt. Ein verlockender Gedanke. Schnurstraks nahm ich die Blumen aus den Vasen, dabei tröpfelte Blumenwasser auf die Schreibtischplatte, die ich schnell wieder trockenwischte. Meine Abschiedsgeschenke verstaute ich in einem blauen Stoffbeutel, der mit dem unverkennbaren Werkstattemblem und dem Schriftzug der Werkstatt am Drachensee bedruckt war. So bepackt verließ ich mein Büro und schloss die Tür hinter mir ab. Beinahe wie immer. In Gedanken war ich bereits auf dem Weg zum Strand. ,Was wird mich heute noch erwarten?' fragte ich mich. Ich ahnte, dass sich mein Mann eine Überraschung ausgedacht haben würde. An seinem letzten Arbeitstag vor dem Ruhestand hatte ich ihn mit einem Oldtimer, einem Franklin, Baujahr 1910, der von einem stilecht livrierten Chauffeur gefahren wurde, im Innenhof des Landgerichts abgeholt. Insgeheim tippte ich auf eine Kutsche mit einem Pferdegespann. Verstohlen hielt ich auf dem Werkstattgelände nach einer Kutsche Ausschau, doch dort stand nur mein altes Auto. Also los! Zu Hause haben wir keine Zeit mehr verloren. Das Wetter lud zum Baden ein und jeder gefahrene Kilometer würde uns dem kühlen Nass der Ostsee näherbringen. Wir fuhren über den Westring Richtung Hochbrücke. ,Super! Wir fahren an die Steilküste, nach Schwedeneck', freute ich mich.
Hinter der Hochbrücke über dem Nordostseekanal wechselte mein Mann plötzlich die Fahrspur, bog nach Friederichsort ab und fuhr zum Holtenauer Flughafen. Ich

stutzte. Etwa eine Fahrt mit dem Heißluftballon? In der Kieler Woche, wenn in den Abendstunden die Heißluftkörbe mit ihren bunten Ballonen über unser Haus schwebten, hatte ich schon davon geträumt, einmal mitzufahren. Doch jetzt war mir mulmig zumute. War der Tag nicht schon aufregend genug? Nun gut! Wir stellten das Auto am Parkplatz des Flughafens ab und gingen durch die Eingangshalle an den Rand des Rollfelds. Mein Blick suchte den Himmel ab, und auch auf der Start- und Landebahn war nirgendwo ein Heißluftballon zu sehen. Stattdessen kam ein älterer Herr aus dem Hangar auf uns zu. Er begrüßte uns mit Handschlag und erklärte, dass er erst noch tanken müsste, - dann könnte es losgehen. ‚Wie bitte? Ein Rundflug über Kiel?' Mein Mann schwieg beharrlich. Ich spüre noch heute, wie mein Herz zu pochen begann, Aufregung und Flugangst ließen meine Knie weich werden. Der Pilot verschwand, und kurze Zeit später rollte eine einmotorige Cessna auf uns zu. ‚Mit gefangen, mit gehangen', dachte ich und stieg ein. Als wir abgehoben hatten, war meine Angst verflogen. Die Segelschiffe und Frachter mit ihren Containeraufbauten auf der Kieler Förde von oben zu erleben, real und nicht im Fernsehen, das war ein Ausblick! Ich staunte und war fassungslos. Doch dann änderte der Pilot die Flugrichtung und flog gen Westen. Unsere Route führte über Häuser, Straßen und Flüsse hinweg, die von oben eher wie eine Miniaturwelt aussahen. Auf der Höhe von Schleswig überflogen wir den malerischen Barockgarten und die Türme von Schloss Gottorf. Blühende Rapsfelder und bewirtschaftete Äcker lagen unter uns. Ich war verzaubert von den linearen Strukturen, der Textur und der Schönheit dieser Landschaft. ‚Ja', und mein Kopf nickte unwillkürlich, das war das Land, für das ich vor zwanzig Jahren aus Niedersachsen aufgebrochen war, um mein Leben neu zu ordnen. Das Stellenangebot der Stiftung

Drachensee war der Schlüssel zum Umzug in meine Wahlheimat Schleswig-Holstein gewesen. „Weiß ihre Frau denn nicht, dass wir nach Sylt fliegen?", hörte ich den Piloten fragen. Unter uns glitzerte jetzt der Schlick des Wattenmeeres. Es war Ebbe. Das sich ausbreitende Geflecht der strömenden Priele, Wattwanderer so winzig wie Ameisen. Einfach fantastisch. Über Föhr drehte der Pilot eine Extrarunde. Die Flügel der alten Mühle von Oldsum zu sehen war ein weiteres Highlight für mich. Hier hatte ich oft Urlaub gemacht! Wir erreichten Sylt über die Spitze des Leuchtturms von Hörnum.

Die Landung auf dem Sylter Flughafens glich einem Abenteuer. Unsere kleine Cessna holperte wie ein Grashüpfer über die unebene Piste, bis sie endlich zum Stehen kam. Zum Einparken des Flugzeugs mussten wir mit anfassen. Mit vereinten Kräften schoben wir die Cessna über die Grasnarbe in ihre Parkposition. Ich setzte mir den Rucksack auf und mein Mann orderte ein Taxi. ‚Mit Flugzeug und Taxi an den Strand fahren, wie abgefahren ist das denn?'. Unser Trip kam mir doch recht abgehoben und unwirklich vor. Am Strand von Kampen stürzten wir uns in die Brandung der Nordsee. Ich spürte mit jeder Faser meines Körpers, wie die kühlenden Wellen mich umspülten, und ich schmeckte die salzige Nordseeluft auf meinen Lippen - nein, das war kein Traum! Das Wetter schlug um. Besorgt schauten wir zum Himmel. Dunkle Wolken zogen auf, die sich langsam verdichteten, und die Luft wurde drückender und schwüler. Ein böiger Wind zog auf. Nach einem viel zu kurzem Sonnenbad sammelten wir schnell unsere Sachen ein, stiegen den sandigen Weg zwischen den Dünen zur ‚Sturmhaube' hinauf, wo wir uns mit einer knusperigen Friesenwaffel mit Eis und Sahne verwöhnten. Das Handy meines Mannes klingelte. Der Pilot wollte möglichst bald nach Hause fliegen, der Wetterdienst hatte ein Gewitter angesagt. So kehrten wir früher als geplant zum Flugplatz zurück. Eine Gewitterfront schwärzte den Himmel. Wir hörten den ersten Donnerhall. Kaum gestartet, stand der Pilot vor der schwierigen Entscheidung, umzukehren, oder dem Unwetter zu trotzen und zwischen zwei Gewitterfronten mitten hindurch zu fliegen. Ein Hagelschauer trommelte gegen die Außenwände der Maschine. Grelle Blitze sausten links und rechts aus der Atmosphäre herab. Es donnerte und krachte wie am jüngsten Tag. Dazwischen war es stockdunkel. Der Pilot versuchte, so tief wie möglich zu fliegen. Die kleine Maschine fiel ab und stieg wieder auf, und ich schlug die Hände vor mein Gesicht und drückte mich vor lauter Angst tiefer und tiefer in die Rückbank. Mein letzter Arbeitstag sollte nicht auch mein letzter Tag im Leben werden. So flogen wir lange weiter, hart an der Grenze des Machbaren. Doch im Himmel war wohl noch kein Platz für uns frei, und je näher wir nach Kiel kamen, desto heller wurde es wieder. Das Wetter klarte auf und die Sonne schien, als wir blass und durchgerüttelt auf dem Holtenauer Flughafen schweigend ausstiegen. Unseren Vorsatz, noch Sushi essen zu gehen, cancelten wir; wir sehnten uns nur noch nach unserem Zuhause. Mein Mann eilte vor, um für den Piloten die Weinflasche aus dem Auto zu holen, - doch wo war der Autoschlüssel? Wir krempelten Jacken - und Hosentaschen um und stellten den Rucksack auf den Kopf, ohne den Schlüssel zu finden. Zunächst sträubten wir uns gegen die Erkenntnis, dass wir ihn bei unserem eiligen Aufbruch am Strand auf Sylt verloren hatten. Was nun? Wieder ein Taxi nehmen, um den Ersatzschlüssel von zu Hause zu holen? Da entdeckte ich auf der anderen Straßenseite die Haltestelle der Buslinie 501, die in Molfsee direkt vor unserer Tür hielt. Wir lösten zwei KVG - Tickets und eine knappe Stunde später waren wir endlich zu Hause. Im Linienbus hatte ich das Gefühl, tatsächlich vom Falkensteiner Strand zurückgekommen zu sein, so irreal erschienen mir die Ereignisse des Tages. Mit Ersatzschlüssel und Zweitwagen ging es dann zum Flughafen zurück, um das Auto zu holen. Abends aßen wir auf unserer Terrasse noch jeder eine Pizza, gleich aus dem Karton. Die Füße hochgelegt, ein Gläschen Rotwein in der Hand, wir waren wieder so richtig entspannt, als ein leuchtend bunter Heißluftballon langsam gleitend über das Dach unseres Hauses hinwegschwebte.

Digitaler Amtsschimmel

Seit sie im Ruhestand war, kam es öfter mal vor, dass Britta Dinge verlegte oder vergaß. Diesmal vermisste sie ihren Personalausweis. Britta durchsuchte ihren alten Schreibtisch. Die Holzschubladen knarrten leise, als sie eine nach der anderen aufzog. Britta stieß auf Mappen und Hüllen, sie hielt einen Stapel ungeordneter Papiere in den Händen, doch außer einer abgerissenen Eintrittskarte von ihrem letzten Kinobesuch, fand sie nichts. Als sie sich nach der unteren Schublade bückte, spürte sie ein heftiges Ziehen im Kreuz.

Oh, stöhnte sie, und obwohl ihr Rücken schmerzte, machte sie weiter.

Wieder Fehlanzeige, dachte sie, und in ihrer Enttäuschung registrierte sie nur flüchtig, dass sie dort den vergilbten Reisepass ihrer längst verstorbenen Eltern aufbewahrte.

Britta überlegte angespannt, wo sie ihren Personalausweis sonst noch gelassen haben könnte. Dabei fiel ihr Blick auf den knautschigen Lederbeutel, der seit ihrem Urlaub in der Ecke herumlag.

Es brauchte nur einen Griff und Britta hielt ein kleines Plastikkärtchen mit glatter Oberfläche und abgerundeten Ecken in der Hand.

Na endlich! Ein Lächeln huschte über ihr Gesicht.

Sie nahm den Personalausweis aus dem Beutel.

Fast hätte sie nicht bemerkt, dass ein weiteres Plastikkärtchen auf den Teppich gefallen war. Britta bückte sich mühsam und hob es auf. Es war ihr Ausweis von der Deutschen Rentenversicherung, der amtliche Nachweis ihres Rentnerdaseins. Nachdenklich betrachtete sie das schlichte, dünne Kärtchen, das nur in Verbindung mit ihrem Personalausweis Gültigkeit hat. Ein Name, ein Geburtsdatum, eine Kennnummer!

Einfacher geht es nicht mehr, dachte sie kopfschüttelnd und legte den Nachweis auf ihren Schreibtisch.

Britta widmete sich wieder ihrem Personalausweis. Foto und Ausstellungsdatum bestätigten ihr untrüglich, dass fast wieder zehn Jahre ins Land gegangen waren. Britta betrachtete ihr Bild. Ein Gesicht mit deutlich jüngeren Gesichtszügen, wesentlich dunkleren Haaren und noch ohne Brille. Die Größe der Druckbuchstaben auf dem Dokument machte ihr zu schaffen. Sie kniff die Augen zusammen und hob das Gestell ihrer Brille leicht an, um die kleine Schrift besser lesen zu können.

Sie erschrak. In fünf Wochen würde ihr Ausweis ungültig sein. Abgelaufen - wie die Zeit der letzten Jahre. Britta plante ihre nächste Urlaubsreise. Wohin es diesmal gehen sollte, dass hatte sie noch nicht entschieden. Sie träumte von einem Aufenthalt auf einer westfriesischen Insel vor der niederländischen Küste oder von einem Cottage im Hochland von Schottland. Ungewiss war auch, ob sie wie früher die Staatsgrenzen ohne Ausweiskontrolle passieren könnte. In den Nachrichten gab es zum Thema Brexit täglich sich widersprechende politische Aussagen. Britta verunsicherte das. Ein neuer Ausweis war notwendig, das war unumgänglich.

Im ersten Schritt kümmerte Britta sich um ein neues Lichtbild. Ein Lichtbild mit biometrisch erfasstem Gesichtsfeld musste es sein. Dafür fuhr Britta extra in die Stadt und suchte ein renommiertes Fotostudio auf. In dem Studio wurde sie in eine Kabine geführt, die mit hochwertigen Kameras und hellen Scheinwerfern ausgestattet war. Erwartungsvoll setzte sie sich in Positur. Doch die Fotografin korrigierte ihre Körperhaltung. Britta sollte ihren Oberkörper leicht vorbeugen und ihre Arme anwinkeln. Eine weitere Mitarbeiterin kam mit Kosmetikartikeln herein. Etwas Puder und Farbe im

Gesicht würden Wunder wirken, sagte sie, und Britta hielt geduldig still und ließ sich schminken. Blitzlichter blinkten auf und fertig war die Prozedur. Als Britta zwanzig Minuten später die Fotos ausgehändigt bekam, war sie enttäuscht. Sie fand die Aufnahmen einfach nur scheußlich. Der ganze Aufwand hatte sich ihres Erachtens nicht gelohnt. Ein Ergebnis, für welches sie auch noch zweiunddreißig Euro berappen sollte. Britta war genervt. Sie stockte kurz und hob intuitiv eine Hand hoch, um ihr Brillengestell anzuheben. Anschließend nahm sie das Portemonnaie aus ihrer Handtasche und bezahlte, wenn auch unzufrieden, den geforderten Betrag.

Erstmal Frust abbauen. Britta bummelte durch die Einkaufspassage, sie blieb vor diesen und jenen Schaufensterauslagen stehen, und sie leistete sich ein edles Shirt. Dann steuerte sie den nächstbesten Friseursalon an. Nach zwei Stunden kam sie mit einem neuen Haarschnitt und einer kastanienroten Tönung wieder heraus.

Eine Woche später suchte Britta das Rathaus ihrer Gemeinde auf, um den Ausweis endlich zu beantragen. Der neue Personalausweis wird kleiner ausfallen als ihr altes Dokument; er trägt einen elektronischen Chip und er hat eine Online- Ausweisfunktion; insoweit war Britta gut informiert. Wenn sie Fragen zur digitalen Welt hatte, zog sie gerne Jean-Luc zu Rate, einen jungen Freund, den sie schon lange kannte. Jean- Luc gehörte jener Generation an, die mit der digitalen Technik aufgewachsen war, und er hatte ihr schon so manches Mal geholfen.

Die Einwohnermeldestelle war gleich im Erdgeschoss. Britta fand das Büro sofort. Auf dem Türschild stand der Name einer Sachbearbeiterin, Frau Kaltenbach, las sie. Britta klopfte an und wartete. Nichts rührte sich. Zaghaft klopfte sie erneut an und wartete geduldig auf ein Herein.

Keine Reaktion. Britta schaute sich um. Sie hielt vorsichtig ihr linkes Ohr gegen die Tür und horchte, vielleicht hatte sie ja etwas überhört.

Da kam eine Frau mittleren Alters, rundliches Gesicht und von kräftiger Statur, über den Flur. Die hautengen Jeans und das quergestreifte Oberteil betonten ihre Rundungen zusätzlich. Die Frau ging auf eine Nebentür zu, öffnete sie und verschwand in der Meldestelle. Jetzt hörte Britta, wie die Tür, an der sie geklopft hatte, von innen aufgeschlossen wurde. Endlich wurde sie hereingebeten. Jetzt stand sie vor Frau Kaltenbach.

Britta trug ihr Anliegen vor. Sie zeigte ihren Personalausweis und legte die Passfotos auf den Schreibtisch, hinter dem Frau Kaltenbach saß. Frau Kaltenbach ließ sich nicht stören. Sie bediente die Tastatur ihres PC, schaute auf den Bildschirm und blickte nicht ein einziges Mal zu Britta auf.

Name? Geburtsdatum? Anschrift? hörte Britta sie mit tonloser Stimme fragen.

Es dauerte eine Weile, bis Frau Kaltenbach die richtige Datei aufgerufen hatte. Nach und nach glich sie Brittas Angaben mit den Eintragungen auf dem Bildschirm ab. Staatszugehörigkeit und Familienstand? Ob sich was verändert habe? fragte Frau Kaltenbach kurz angebunden. Britta verneinte. Auch ihr Geburtsort sei unverändert geblieben, amüsierte sie sich im Stillen.

Und die Personenstandsurkunde? fragte die junge Sachbearbeiterin.

Wie bitte, was? fragte Britta zurück.

Haben sie eine Heiratsurkunde mitgebracht? sagte Frau Kaltenbach wiederum ohne von ihrem PC aufzublicken.

Geheiratet habe ich hier, in diesem Standesamt, drei Türen weiter. Einer ihrer Kollegen hat mich getraut. Das dürfte ihr Computer ja wohl wissen, antwortete Britta mit leicht ironischem Unterton. Frau Kaltenbach nickte. Trotzdem! Ohne Personenstandsurkunde keinen Personalausweis! Das sind die Vorschriften! Spätestens beim Abholen des Personalausweises muss die Heiratsurkunde vorliegen.

Wozu das denn? Ich habe doch hier, in diesem Rathaus, geheiratet, wand Britta nochmals ein.

Damit bei der Antragstellung fehlerhafte Schreibweisen ausgeschlossen werden. Frau Kaltenbachs Antwort klang harsch und unfreundlich. Der gereizte Unterton ließ Britta aufhorchen. Kollidierte hier gerade die erforderliche bürgernahe Servicehaltung mit dem Behördengeist vergangener Tage? Oder war es Überforderung durch Überlastung? Britta war irritiert.

Ehe sie weiter darüber nachdenken konnte, forderte Frau Kaltenbach sie auf, eine Verpflichtungserklärung zu unterschreiben. Sie hielt Britta ein Touchscreen - Gerät hin, doch das vergrößerte Unterschriftenfeld verdeckte den wesentlichen Teil des Textes, den sie unterschreiben sollte. Britta wunderte sich sehr. Sie bat sich aus, den Text erstmal in Ruhe durchlesen zu dürfen. Langsam erfasste sie worum es ging. Britta sollte die Kosten für ein neues Dokument übernehmen, falls in ihrem Namen wegen der fehlenden Heiratsurkunde Schreibfehler auftauchen sollten.

Donnerwetter, dachte sie, und sie spürte, wie ihr linkes Auge zuckte. Unwillkürlich wischte sie sich mit dem rechten Zeigefinger über ihr Augenlid. Dann ergriff sie den Stift und unterschrieb.

Den neuen Personalausweis bezahlte sie per EC- Karte. Achtundzwanzig Euro und achtzig Cent. Britta sah sich den Beleg an und stolperte über den Text der Gebührenanweisung. Da stand tatsächlich schwarz auf weiß: ‚1 Personalausweis über 24 Jahre‘. Sie schmunzelte. Obwohl ihr klar war, was gemeint war, konnte sie sich einen Kommentar nicht verkneifen.

Schade, rutschte es aus ihr heraus. Blitzschnell hatte sie durch Kopfrechnen die jährlichen Kosten bei einer Laufzeit von vierundzwanzig Jahren umgerechnet. Demnach kostet ein Personalausweis nur noch 1 Euro und zwanzig Cent pro Jahr, sagte sie. Der strafende Blick von Frau Kaltenbach traf sie wie ein Pfeil.

Sichtlich beleidigt drückte Frau Kaltenbach ihr eine umfangreiche Informationsbroschüre in die Hand. Auf sechszehn bedruckten Seiten wurde die Nützlichkeit und Handhabung der Online- Ausweisfunktion erläutert. Britta erfuhr erstmalig etwas über die Anwendungsbereiche des elektronischen Identitätsnachweises mit einem PIN und PUK. In Zukunft könnte sie damit Verträge abschließen, Shopping Bestellungen aufgeben oder Bürgerdienste in Anspruch nehmen.

Super, keine Behördengänge mehr, freute sie sich. Zu Hause las sie weiter. Beim Abholen des Ausweises sei das erstmalige Ein- oder Ausschalten der Onlinefunktion kostenlos. Später darf die Gemeinde dafür sechs €uro verlangen.

Nach weiteren vierzehn Tagen erhielt sie per Post aus Berlin einen maschinell ausgeführten Vordruck. Darin wurde ihr mitgeteilt, dass der Ausweis an die örtliche Personalausweisbehörde gesandt worden war und dort zur Abholung bereit liege.

Britta studierte die Hinweise in dem Bescheid sorgfältig. Da war von mehrstelligen Geheimnummern, der so genannten PIN, und von Sperrinformationen die Rede. Von Hologrammen und einer Entsperrnummer, dem PUK. Damit konnte man nach einer dreifachen Falscheingabe die Blockade des elektronischen Personalausweises wieder aufheben. Britta schwirrte der Kopf. Sie las die Warnung vor Zahlenkombinationen, die leicht geknackt werden könnten. Und vor der Weitergabe an Dritte, auch nicht an Bediensteten einer Personalausweisbehörde, wurde ausdrücklich gewarnt. Britta war froh, sich nicht sofort entscheiden zu müssen. So kompliziert hatte sie sich die Sache mit dem neuen Personalausweis nicht vorgestellt. Dennoch, sie wollte sich gegenüber der neuen Technologie nicht verschließen.

Kurz bevor sie zum Rathaus ging, überflog Britta nochmals das Informationsheft. Erst jetzt begriff sie, dass sie für die Nutzung der Online - Ausweisfunktion ein spezielles Kartenlesegerät benötigte. Der Hinweis, dass sie dieses Gerät wahlweise in den Varianten Basic, Standard oder Comfort erwerben könnte, gab ihr den Rest. Sie war ratlos und fühlte sich verloren.

In der Amtsverwaltung hoffte Britta, dass Frau Kaltenbach ihr gleich den Personalausweis aushändigen würde. Doch weit gefehlt! Erst musste Britta noch eine ‚Erklärung zur Aushändigung des Personalausweises' unterschreiben, und das wiederum auf einem Touchscreen - Display mit einem Touchscreen - Stift.

Ja, bestätigte sie, den Brief mit den Erläuterungen zu PIN und PUK hatte sie erhalten, und ja, den elektronischen Identitätsnachweis wollte sie in Zukunft gerne nutzen. Gleich hier wollte sie die vorläufige Transport- PIN in eine persönliche PIN umwandeln.

Frau Kaltenbach nickte stumm. Auf ihrem Schreibtisch stand ein elektronisches Kartenlesegerät. Sie schaltete das Gerät ein und steckte den neuen Personalausweis in den Schlitz. Nichts passierte. Frau Kaltenbach versuchte es erneut. Wieder ohne Erfolg. Verärgert betastete sie das Lesegerät von allen Seiten, und drehte den Ausweis mehrfach um. Hilflosigkeit lag in der Luft.

So oft habe sie das auch noch nicht gemacht, murmelte sie

verlegen.

Plötzlich leuchtet eine LED auf, offensichtlich hatte das Gerät den elektronischen Chip erkannt. Britta tippte mit verdeckter Hand eine sechsstellige PIN ein. Sie freute sich, dass es endlich geklappt hatte. Nobody kennt mein Geheimnis, dachte sie stolz.

Frau Kaltenbach sah ihr schweigend zu.

Das kostet jetzt sechs Euro, sagte sie schließlich. Britta schüttelte den Kopf.

Nein, widersprach sie. Das war keine nachträgliche Änderung. Diese Dienstleistung ist beim Abholen des Ausweises kostenlos. So steht es Ihrem Informationsblatt, sagte sie an Frau Kaltenbach gerichtet.

Wortlos übergab diese ihr nun den neuen Personalausweis. Die Frauen verabschiedeten sich mit einem stummen Kopfnicken.

Buntes Herbstlaub wirbelte über den Vorplatz des Rathauses. Als Britta den Ausgang passierte, kam ihr eine fröhliche Hochzeitsgesellschaft entgegen. Britta blieb kurz stehen, schloss die Augen, und genoss die milde Herbstsonne auf ihrem Gesicht.

Am Abend rief sie Jean- Luc an und fragte ihn, ob er sie beim Kauf eines digitalen Kartenlesegerätes begleiten wollte. Als sie den Telefonhörer auflegt hatte, zog sie die untere Schreibtischschublade nochmal auf. Sie nahm den vergilbten Reisepass ihrer Eltern in die Hände und blätterte die Seiten durch: Bundesrepublik Deutschland, handschriftlich ausgestellt im Jahre 1953. In dem Raum für Sichtvermerke, unter dem Stempel ‚Personalangaben mitreisender Kinder', war mit Tinte und in fein säuberlicher Handschrift ihr Vorname eingetragen worden. Das ist längst Vergangenheit, dachte sie lächelnd.

Gisela Eichholz

Tierisch ernst

Zu viert könnten sie ein Quartett bilden. Gemeinsam Musik machen, ein Mozart Quartett zum Beispiel. Doch keiner von ihnen konnte Klavier spielen, und Geige schon gar nicht. Wie sollten sie auch, mit Flossen, Klauen und Krallen? Die Vier wirkten eher wie die Zweitbesetzung der Bremer Stadtmusikanten: Ein Dorsch, eine Kuh, ein Schwein, und statt des Hahns die Henne Helga. So wie die Bremer Stadtmusikanten, hatte auch sie die Not zusammengeführt. Georg, der Dorsch, und Erdmute, die schwarzbunte Holsteiner Kuh, waren sich zuerst begegnet, und das war reiner Zufall.

Georg hatte sich auf seinem Weg durch den Nord-Ostseekanal gründlich verschwommen. Am ‚Alten Eiderkanal' hatte er endgültig die Orientierung verloren. Irgendwie war er flussaufwärts in die Eider geraten. Er wunderte sich über den seltsamen Verlauf des Flusses, die Eider schlängelte sich wie ein Rinnsal durch die Landschaft und das Flussbett wurde schmaler und schmaler. Georg schwamm tapfer weiter, selbst als er spürte, wie seine schuppige Fischhaut vom Süßwasser zu jucken anfing. Ihm fehlte das salzhaltige Brackwasser der Ostsee. Als junger Bursche hatte er im Nördlichen Eismeer gelebt, und er war stolz darauf, der Familie der Knochenfische im Nordpolarmeer anzugehören. Er war dort zufrieden und sorglos aufgewachsen, bis ihm eines Tages der Streit der Fischer und der Naturschützer um die Begrenzung der Fangquote zu Ohren gekommen war. Es veränderte sein Leben. Der Gedanke, dass seine Art vom Aussterben bedroht war, betrübte ihn tief. Da war Georg losgezogen, und er hatte sich auf eine lange Wanderschaft eingestellt. Ganz weit weg. Bis hin zum Mühlenteich der

Schmalstedter Mühle, wo die fetten Spiegelkarpfen träge und wohlig im Teichschlamm lagen. Gerne hätte er sich zu ihnen gesellt, und sich in der idyllischen Umgebung dieser traditionsreichen Mühle ein wenig ausgeruht, doch es zog ihn weiter, flussaufwärts, bis ihn die Müdigkeit übermannte. Die lange Reise, die hinter ihm lag, hatte an seinen Kräften gezehrt. Er ließ sich deshalb von der Strömung zurücktreiben, bis nach Techelsdorf, einem kleinen Dorf am Oberlauf der Eider. Techelsdorf ist für seine regionale Küche im Gasthof ,An Dörpsdiek' weithin bekannt. An einer seichten Stelle des Flussufers, direkt unterhalb der Eiderwiese, fiel Georg erschöpft in einen tiefen Schlaf.

An diesem Fleckchen Erde grenzte Erdmutes Weide an die Eider. Gemächlich näherte sie sich dem Gewässer, das ihr als Tränke diente, und wo sie sich obendrein noch in der Wasseroberfläche spiegeln konnte. Erdmute war eitel genug, um sich bis zu den Knöcheln in die Eider vorzuwagen. Sie betrachtete ihren Körper mit Hingabe. Der mutige Schritt ins Wasser wurde durch ihr Spiegelbild belohnt. Ihr großflächig geflecktes Fell, das feste Euter und die ebenen Hüften hatten sie beim letzten Wettbewerb von ,Rind aktuell' den zweiten Platz erringen lassen. Dieser Sieg erfüllte Erdmute mit Stolz. Überhaupt, sie liebte die Sommermonate, die sie auf der Eiderwiese mit den wohlschmeckenden Kräutern und Gräsern erleben konnte. Ihre Milch wurde dann als Premium-Weidemilch vermarktet; auch darauf war sie stolz. Ein selbstverliebter Blick, ein koketter Augenaufschlag, so beugte sich Erdmute wieder einmal über den Wasserspiegel der Eider. Oh ja! Sie war mit sich selbst und der Welt zufrieden.

Ein kräftiger Tritt gegen die Schwanzflosse weckte Georg unsanft aus seinen Träumen auf.

‚Wer ist das denn?' Georg sah über sich ein ihm unbekanntes Wesen. Ein schwarz- weißes Fell, ein breites Maul, das hörbar Wasser schlürfte, und es hatte lange schwarze Wimpern. Fasziniert starrte er die Kuh Erdmute mit seinen glubschen Fischaugen an. ‚Oh, diese Wimpern!' Georg war hingerissen. Er hatte sich Hals über Kopf in Erdmute verliebt. Doch in seinem Innersten befürchtete er, dass die schöne Unbekannte für ihn wohl unerreichbar sein würde. „Igittigitt! Was ist denn da so glitschig?" fragte Erdmute, als sie mit ihren Klauen Georg's Schwanzflosse berührte. Irritiert und angewidert wich sie zur Seite aus.

Knorrige alte Chausseebäume säumten die Zufahrt zum Maststall. Weit ausladende Baumkronen spendeten über dem rissigen Asphalt Schatten. Das breite Reifenprofil des mehrstöckigen Viehtransporters hinterließ deutliche Fahrspuren, als er über die Unebenheiten des Weges rumpelte. Seit dem letzten Winter waren die Schlaglöcher nur notdürftig mit Bauschutt verfüllt worden. Doch Heinrich bekam von alledem nichts mit. Im Laderaum des Viehtransporters war es dunkel und eng. Heinrich war nur widerwillig über die Querrillen der Laderampe gelaufen. Der Weg führte unweigerlich ins Verderben, nach Bad Bramstedt, zum Schlachthof. Seine Füße schmerzten. Von Geburt an hatte er in einem Schweinemastbetrieb in engen Buchten gelebt. Heinrich ist ein Paarhufer. Seit Monaten stand und lag er auf einem Spaltenboden. Die Spaltenbreite und die Fläche zum Auftreten erfüllten soeben die Mindestanforderungen der Schweinehaltungs- verordnung. ‚In Millimetern gemessener Tierschutz. Sie nennen es Tierwohl!', dachte er verächtlich. Heinrich träumte von Stroh und einem sandigen Boden, und von einer Suhle, in der er sich wälzen könnte. Die schnelle Gewichtszunahme der letzten Mastwochen machte ihm zu schaffen. Die Proportionen seines Körperbaus stimmten nicht mehr! Sein langgestreckter Rücken sollte viele Koteletts ergeben. Sein Ringelschwanz war verstümmelt. Drängeln und Beißen hatte er als Überlebensstrategie gelernt. Einem anderen Schwein fehlte jetzt ein Ohr.

Auf der Autobahn in Höhe des Bordesholmer Dreiecks kam der Viehtransporter bei einem Überholmanöver ins Schlingern. Er prallte gegen die Leitplanke, er rutschte die Böschung hinunter und kippte um. Im Laderaum purzelten die Schweine wild durcheinander. Sie quiekten gequält und verstört auf und sie quetschten sich gegeneinander die Rippen ein. Heinrich war wie benommen. Plötzlich blendete ihn ein Lichtstrahl. Er entdeckte, dass die Heckklappe des Transporters durch die Wucht des Aufpralls aufgesprungen war. Erst nur einen schmalen Spalt, dann fiel sie ganz heraus. Tageslicht! Grell und ungewohnt! Heinrich blinzelte und stutzte zunächst. Da erkannte er seine Chance, ein mutiger Sprung und er rannte los. Er rannte und rannte, über Felder und Wiesen, soweit ihn seine geschundenen Füße tragen konnten. Erst am Ortsschild von Techelsdorf hielt er abrupt an, und um den Gasthof ‚An Dörpsdiek' machte er intuitiv einen großen Bogen. Dort waren die Haxen seines Onkels Walter als Eisbein zum Mittagstisch verschwunden.

Das Schwein Heinrich war vorsichtig genug, nun lieber in Richtung Eiderwiese weiterzulaufen, und so traf er schließlich auf Georg und Erdmute.

„Ich bin das Schwein Heinrich", grunzte er freundlich.

„Angenehm", sagte der Dorsch und deutete mit seinem Körper eine formvollendete Verbeugung an. „Und ich bin Georg, aus der Familie der Knochenfische, die zur Ordnung der schützenswerten Dorscharten aus dem fernen Nordpolarmeer gehört", sagte er höflich, aber nicht ohne Stolz.

Erdmute horchte auf. Die geschliffenen Manieren des Fisches, seine vornehm korrekte Haltung, beeindruckten sie sehr. Spontan riskierte sie einen koketten Augenaufschlag und klimperte verführerisch mit ihren langen schwarzen Wimpern.

„Hinreißend, einfach hinreißend", schmachtete Georg sie daraufhin an.

Ein Rauschen ging durch die Lüfte. Dorsch Georg, Kuh Erdmute und das Schwein Heinrich drehten sich verwundert um. Eine Henne hüpfte und flatterte mit kurzen, unbeholfenen Flügelschlägen auf und nieder. Im Fliegen wirkte sie eher ungeübt und der kugelförmige Körperbau erschwerte ihr das Herumflattern. Henne Helga musste dringend eine Pause einlegen. Sie hielt nach einem Rastplatz Ausschau. Ein dicker, wenn auch morscher Zaunpfosten, kam ihr gerade recht. Bei der Landung hätte sie den Pfahl fast verfehlt, so aufgeregt war sie.

„Mörder sind das, Kindsmörder!", gackerte Helga los und sie plusterte dabei ihr arg zerrupftes Gefieder ordentlich auf.

Die Neugierde der Drei war geweckt. Erdmute, sie glaubte auf ihrer Weide ein gewisses Hausrecht zu haben, fasste sich als Erste ein Herz:

„Wo kommst du denn her?", fragte sie.

„Mörder, lauter Mörder in der Legebatterie!", schimpfte Henne Helga lauthals. Sie konnte sich kaum beruhigen, doch dann schilderte sie den Dreien, was geschehen war. In der Legebatterie der Hühnerfarm, aus der sie geflohen war, waren die männlichen Küken bei lebendigem Leib mit einem Schredder getötet worden.

„Das ist absurd und widerwärtig", gackerte sie. Nie mehr werde sie für Menschen, die ihren Nachwuchs töteten, Eier legen!

Erst jetzt sah Heinrich, der selbst unter seinen geschwollenen Füßen heftig litt, den kupierten Schnabel der Henne, und tiefes Mitgefühl erfüllte ihn.

„Komm doch mit mir mit", bot er ihr an. „Ich will noch bis zur ‚Arche Warder' laufen und dort um Asyl bitten." Da musste Henne Helga nicht lange überlegen. Der Gedanke, eine Bewohnerin des Hühnerhauses im Tierpark der ‚Arche Warder' zu werden, erschien ihr so verlockend, dass sie vor Freude von ihrem Pfahl hochhüpfte, und beim Aufsetzen hätte sie ihn fast wieder verfehlt.

„Tierhaltung kann grausam sein. Möchtest du nicht auch mitkommen?", fragte sie an Erdmute gewandt.

Erdmute zögerte. Sie war sich keineswegs sicher, ob sie nicht auch eines Tages in einer Sammelstelle für Rinder landen würde, um von Dätgen aus in ferne Länder, außerhalb der EU, transportiert zu werden. Bei dieser Aussicht erschauderte sie heftig. Ihr Blick wanderte zum Fluss hernieder, zu Georg. Die beiden sahen sich lange fragend an.

„Nur wenn du auch mitkommst", hauchte sie zärtlich und sie zwinkerte dem verliebten Dorsch aufmunternd zu.

„Oh Beauty! Ein Leben mit Erdmute!" jubelte Georg und er schwamm selig schon mal ein paar kräftige Züge voraus. Das Schwein Heinrich, die Henne Helga und Erdmute folgten ihm vom Ufersaum aus, dem Schmalsteder Rücken entlang, bis zu dem Punkt, wo sie nach Westen hin abbiegen mussten. Ab dort nahm Erdmute ihren Georg kurzerhand Huckepack und Henne Helga flatterte unbeholfen neben Heinrich daher. Hin und wieder flog sie kurz auf, um für die Vier den kürzesten Weg zu ihrem Zielort, der Arche Warder, auszuspähen. Sie hatten Glück. Die Autobahn war gesperrt, die Autobahnmeisterei war noch mit den Aufräumarbeiten des verunglückten Viehtransporters beschäftigt, und so konnte unser Quartett die Fahrbahn gefahrlos überqueren und den Sörener Forst erreichen.

Ob die Vier jemals in der ‚Arche Warder' angekommen sind, bleibt jedoch fraglich. Wirklich wissen können das nur ihre Artgenossen im Tierpark.

Cornelia Eiselt

Anhaltergeschichten

Als ich das letzte Mal mit erhobenem Daumen an der Straße stand, war ich im achten Monat schwanger. Ich wartete an einer Haltestelle im kalten Wind und versuchte, ein Auto zu stoppen, weil mir der Bus gerade vor der Nase weg gefahren war.

Plötzlich spürte ich einen sanften Tritt. Ich schaute nach unten auf meinen dicken vorstehenden Bauch. Ich fror und dachte daran, wie ich zum ersten Mal per Anhalter gefahren war:

Damals war ich sechzehn Jahre alt.

Emma, meine beste Freundin seit Kindertagen, wohnte seit kurzer Zeit allein. Ihre Eltern hatten sich getrennt und sie war nach Nordfriesland gezogen, zuerst zu ihrer Tante und dann in ein kleines Zimmer zur Untermiete in Niebüll, wo sie die Schule besuchte. Mir hatten meine Eltern erlaubt, einen Teil der Weihnachtsferien bei ihr zu verbringen.

Ich war glücklich. Endlich frei, keine Vorschriften, keine Aufsicht. Schließlich war meine Freundin schon achtzehn, volljährig.

Und so waren wir auf dieser Party gelandet, in einem Haus auf dem Land, acht kilometer von Niebüll entfernt. Dort hatten wir gefeiert und getanzt und traten schließlich, berauscht von Freiheit und Leichtigkeit, in den frühen Morgenstunden an die Straße, um nach Hause zu laufen, denn ein Bus fuhr nicht mehr.

Es lag kein Schnee, aber ein kalter Wind wehte.

Zwei Mädchen in der Dunkelheit auf einer leeren Landstraße.

Zuerst hüpften wir fröhlich und redeten über die

95

Ereignisse der Nacht. Nach einer Weile wurden unsere Schritte langsamer und wir sangen, um die aufkommende Müdigkeit zu unterdrücken. Schließlich trotteten wir schweigend nebeneinander her. Acht Kilometer können sehr lang sein. Gelegentlich erleuchteten die Scheinwerfer von vorbeifahrenden Autos unseren Weg.

„Wollen wir eins anhalten?" Fragend sah ich meine Freundin an. Allmählich taten mir die Füße weh.

„Ne, lieber nicht. Oder? Naja, okay", meinte Emma, die auch keine Lust mehr auf die Wanderung hatte.

„Wir sind doch zu zweit. Was soll schon passieren?" Als in der Ferne wieder Scheinwerferlicht auftauchte, reckte ich mutig meinen Daumen. Das Auto kam näher und hielt tatsächlich an, genau auf unserer Höhe. In einem schwarzen Wagen saß ein Mann und öffnete die Beifahrertür. Er hatte dunkelblonde, kurze Haare und einen Schnurrbart und trug eine langweilige, hellbraune Winterjacke. Er war vielleicht Anfang dreißig und sah auf eine unsympathische Art erwachsen aus. Er war keiner von unseren buntgekleideten, langhaarigen Bekannten aus der Stadt und bestimmt auch keiner der netten Bauernsöhne aus der Umgebung. „Soll ich euch nach Niebüll mitnehmen?", fragte er. Uns war inzwischen richtig kalt. „Ja, super!", riefen wir und wollten gerade einsteigen, da setzte er noch hinzu: „Zuerst ficken wir, dann fahre ich euch nach Niebüll." Wie bitte? So kalt war uns nun auch wieder nicht. So kalt konnte uns überhaupt niemals sein. Erschrocken sprangen wir zurück und Emma schaffte es noch, seine Beifahrertür wieder zuzuknallen. Empört schrie sie: „Hau bloß ab, du Spinner!" Das tat er zu unserer Erleichterung dann auch.

Wir gingen weiter. Der Schreck hatte uns aufgewärmt, aber nur für kurze Zeit. Der Weg schien kein Ende zu nehmen. Ich mochte nicht mehr, wollte nur noch schlafen:

„Wenn wir mitgefahren wären?"

„Ne, Quatsch!“

„Wir sind zu zweit. Wir hätten sagen können, dass wir es bei uns zuhause machen.“

„Hätte er vielleicht gut gefunden, der Arsch!“

„Genau, und wenn wir da gewesen wären, wären wir ausgestiegen und gerannt. Bis der sich aus dem Auto geschoben hätte, wären wir längst drinnen.“

„Naja. Vielleicht. Wir sind ja beide schnell. Wäre aber irgendwie auch gemein von uns.“

„Echt nicht, so ein Typ verdient das.“

„Sein blödes Gesicht hätte ich sehen mögen.“

„Ja, durchs Fenster, während wir ihm zuwinken.“

Lachend malten wir uns diese Szene weiter aus und waren uns einig, dass wir eine Chance auf einen bequemen Heimweg verpasst hatten.

Plötzlich wurde es hell, ein Auto wendete auf der Straße und hielt neben uns an. Es war der schwarze Wagen von vorhin, derselbe Mann. Diesmal war er aus der anderen Richtung gekommen. Er hatte sich also auch so seine Gedanken gemacht und war wieder umgedreht.

Unsere zweite Chance.

Wieder öffnete er die Beifahrertür und fragte: „Na, wie sieht’s aus? Habt ihr es euch überlegt?“

Das hatten wir.

„Du kannst mit uns nach Hause kommen. Das ist gemütlicher“, sagte Emma. Der Mann antwortete nicht, sondern klappte nur den Vordersitz des Zweitürers nach vorne und ich quetschte mich auf die Rückbank, während Emma neben dem Fahrer Platz nahm. Er ließ den Motor an. Wir fuhren.

„Kennst du dich in Niebüll aus?“, fragte ich. „Sonst erklären wir dir den genauen Weg.“ Der Mann schwieg noch immer und ich sah, wie er kurz die Hand auf Emmas Brust legte. Igitt! Zum Glück hatte sie eine dicke Jacke an. Emma rückte von ihm ab und schaute sich nervös nach mir um. „Also, was ist?", wiederholte ich meine Frage und merkte, dass meine Stimme ein klein wenig zittrig klang. „Kennst du dich in Niebüll aus?"

„Erst ficken wir. Dann fahre ich euch nach Hause", sagte er.

„Nein!", rief Emma aus. Bei uns ist es doch viel besser. Wir wohnen allein."

Statt zu antworten, riss der Fahrer abrupt das Steuer rum und fuhr auf einen Feldweg.

Nein! Nicht Emma! Nicht ich!

Eine Kälte, die eisiger und schneidender war als die Winterluft, durch die wir bisher gegangen waren, griff nach mir. Ganz deutlich sah ich den sandigen dunklen Weg im Scheinwerferlicht vor uns, den schwarzen Acker auf der einen Seite, die kahlen Zweige des Knicks auf der anderen. Wie in Zeitlupe glitt alles vorbei. Ich sah uns beide, Emma und mich, in diesem verdammten Auto sitzen, so klein, so dumm und so hilflos und spürte eine wilde Liebe für uns beide. Dann ballte sich eine Faust aus wutglühender Lava in mir zusammen.

„Mach die Tür auf!", flüsterte ich Emma zu. Sie öffnete die Beifahrertür. Noch fuhr der Wagen zu schnell, um aussteigen zu können. Ich schob den Hebel an Emmas Sitz hoch. Zweige schrammten die offene Tür. Ich nahm mein Armband, das wie eine Schlange aus Eisen und Bronze geformt war, vom Handgelenk und umklammerte es. Jemand hatte mir mal gesagt, dass man es als Schlagring benutzen könne. Der Wagen wurde langsamer, stand schon fast. „Jetzt!", wisperte ich. Emma sprang aus dem Auto. Ich schob den Sitz nach vorne und schaffte es ebenfalls nach draußen. Der Mann fluchte laut: „Blöde Fotzen!" Kurz lagen wir auf den Knien, dann rannten wir in Richtung Straße, so schnell wir konnten. Der Mann war nicht ausgestiegen. Stattdessen wendete er den Wagen, was einen Augenblick dauerte. Das war unser Glück. Wir quetschten uns an einer Stelle durch den Knick und kletterten über einen Stacheldrahtzaun, der sich auf der anderen Seite befand, rannten über eine Weide zum nächsten Knick, zwängten uns zwischen die Äste und hockten uns hin. Atemlos lauschten wir auf Geräusche und hielten uns an den Händen.

Nach langer Zeit wagten wir es, wieder aufzustehen. Wir rannten zur Straße. Auf der anderen Seite stand ein Bushäuschen. Als wir sicher waren, dass keiner kam, liefen wir rüber und versteckten uns hinter der Haltestelle. Kurze Zeit später hörten wir ein Fahrzeug. Vorsichtig guckten wir hinter dem Häuschen hervor. Er war es nicht. Dieses Auto war rot.

Statt cool den Daumen zu heben, hüpften wir nun an der Straße auf und ab, wedelten mit den Armen und riefen laut: „Anhalten, bitte anhalten!" Der Wagen, ein klappriger VW-Käfer, stoppte. Drinnen saß einer von unseren bunten, langhaarigen Bekannten. Er fuhr uns nach Hause und brachte uns bis an die Tür.

Damals kam mir das wie ein Sieg vor und ich war danach noch oft per Anhalter unterwegs.

Nun stand ich also hier und blickte erneut auf meinen Bauch. Der mir nicht mehr gehörte. Ich sah wieder auf die Straße. Ein schwarzer Wagen näherte sich. Ich senkte meinen Daumen, drehte mich um, setzte mich auf die Bank und wartete auf den nächsten Bus.

Regina Gay

Auf Reisen

Wie wird es sein, dich kennenzulernen, das frage ich mich vor dem Treffen mit dir nun schon Tage und Wochen. Immer und immer wieder. So sehr gespannt bin ich.

Vieles habe ich über dich gelesen, habe versucht mich zu informieren, damit deine Kultur mir nicht allzu unbekannt ist.

Deine Regeln sind mir fremd, ich möchte ihren Hintergrund kennen, um dir ohne Scheu und ohne Vorurteile begegnen zu können. Große Vorfreude ist in mir, obwohl ich gelernt habe, dass deine Wurzeln mit den meinen nichts gemein haben. Du bist in einem anderen Erdteil angedockt, in dem zeitweise vernichtende Temperaturen herrschen. Die Menschen bei dir sind traditionell gekleidet, sie bewegen sich auffallend gelassen und würdevoll. Aber das tun nur diejenigen, die bei dir geboren sind. Es ist nicht ungewöhnlich, dass für jede Tätigkeit bei dir ein helfender Mensch zur Verfügung steht. Das kennen wir gar nicht. Wir sind inzwischen eine 'do it your self-Gesellschaft' geworden.

Bei dir ist es nicht üblich sich zu Fuß fortzubewegen. Früher hattest du Tiere, die dich durch den schier endlosen Sand trugen – heute hast du Autos. Du präparierst sie ein wenig und dann saust du mit ihnen die Dünen hinauf und hinunter. Im Winter genießt du die Wochenenden mit Freunden in deinem Wüstencamp bei diesem Freizeitsport.

Das Leben auf den Märkten und in den Straßen bei dir ist bunt. Menschen unterschiedlicher Hautfarben bewegen sich äußerst friedlich nebeneinander. Viele von ihnen kommen in deine Region, um zu dienen und zu verdienen, damit sie, wenn sie nach Jahren in ihre Heimatländer zurückkehren, dort ein besseres Leben haben können. Du brauchst diese Menschen, damit sie deine Idee vom

Wachsen des Landes und deines Wohlstandes gewährleisten. Nur müssen sie sich in deine strengen Regeln fügen, du willst das Heft in der Hand behalten. Wenn das so geschieht, dann geht es ihnen gut, dann herrscht Frieden untereinander.

Von dem Wohlstand, der bei dir herrscht, legst du durch gewagte Bauten Zeugnis ab. Eindrucksvolle Museen, erdacht von fantasievollen Architekten, sind Oasen inmitten der vielen, riesigen Wolkenkratzer, die in ihrer stets wechselnden Illumination Abend für Abend eine glanzvolle Vorstellung geben.

Da es bei dir an Boden mangelt, machst du es wie ein kleiner Junge am Meer, du erweiterst dein Gelände in das Wasser hinein – nur, der kleine Junge wird nicht auch noch dort gewagte Anlagen bauen, wie du es tust.

Deine Tiere, die Kamele und Pferde, sind im Laufe der Jahre zu Sportobjekten mutiert.

Du brauchst kein Lastentier mehr. Allein die Falken haben den königlichen Stand behalten, der ihnen über Generationen zukam. Nutzt du sie wirklich noch für die Jagd?

Ich wünsche, dass deine Tradition, dein Stolz und deine Gastfreundschaft, die mich sehr beeindruckt haben, erhalten bleiben

Wie interessant war es, dir zu begegnen, du Land wie aus Tausendundeiner Nacht, Katar.

Geschäftig

Gleich einem flüchtenden Hasen lief sie durch die Reihen all der unzähligen Ständer dieser Abteilung für Sportbekleidung. Von einem Ende zum anderen sah man sie geschäftig hin- und hereilen, bemüht die Wünsche ihrer Kunden zu erfüllen. Dies hier war der Teil eines auslaufenden Kaufhauses, voll mit zweckmäßiger Kleidung. Man erreichte ihn mit einer Rolltreppe, die ausschließlich hierherführte. Es fühlte sich an, als sei dies die abgelegenste Ladenfläche. Kein Tageslicht schien hier herein und man hatte den Eindruck, als gäbe es hier in der letzten Ecke, kaum Luft zum Atmen. In diesem Dämmer machte eine Verkäuferin allein ihren Job.

Elsa betrat erstaunt diesen Raum mit dem Gefühl, dass sie hier nicht das Gewünschte finden würde. Die Verkäuferin erwiderte matt, aber höflich ihren Gruß. Guten Abend, ja, Abend schien sie zu denken, wenn es nur erst soweit wäre. Ungeachtet dieser Sehnsucht nahm sie Elsas Wunsch aufmerksam zur Kenntnis, dachte kurz nach und sauste dann los, quer durch den ganzen Laden. Bitte gehen Sie doch nicht so schnell, hauchte Elsa, woraufhin nur ein schwaches, ich kann auch gar nicht mehr, kam. Dennoch war die Verkäuferin so auffallend bemüht, dass es Elsa rührte. Eine Radlerhose sollte es sein. Nun, die erste Hose passte nicht, aber sie hatte ihr etwas Gutes tun wollen mit der herabgesetzten Ware. Also weiter, am anderen Ende des Ladens gab es noch ein Einzelstück in Elsas Größe, das holte sie nun eilig. Zum Glück passte es wie angegossen.

Elsa staunte, so emsig und so freundlich noch kurz vor dem Feierabend, das flößte ihr Respekt ein. Sie glaubte, die Verkäuferin hätte schon das Rentenalter erreicht. Was verbarg sich dahinter für eine Geschichte? Warum musste sie hier noch ihren Dienst tun? Mit einer schwarzen Hose und einer weißen Bluse gekleidet wirkte sie schon äußerlich professionell. Sie war blitzschnell, nahm den Wunsch der Kundin auf, ohne sie anzusehen, und Elsa schien es, als rattere es sofort in ihrem Kopf, wo das gewünschte Kleidungsstück zu finden sei.

Nun noch bitte einen regendichten Anorak. Ja, regendicht, nicht nur wasserabweisend. Das wird nach einer gewissen Wassersäule gemessen, lernte Elsa. Auch hier griff die Verkäuferin erfahren nach dem richtigen Kleidungsstück, prüfte noch einmal die Angaben auf dem Etikett und übergab es zur Anprobe. Nun sollte Elsa wählen. Als das geschehen war, ergab sich ein kleines Geplauder nebenbei. Die Wünsche für einen erholsamen Feierabend beantwortete sie mit der Ankündigung, ja, wenn der da ist, dann trinke ich erst einmal einen Rotwein zur Entspannung, das ist meine Medizin. Na, geht das gut, dachte Elsa, jeden Abend einen Rotwein als Medizin? Aber das musste ihr egal sein. Fast unmerklich war zwischen den beiden Frauen etwas entstanden, was man wohl Sympathie nennt.

Als die Verkäuferin die beiden Kleidungsstücke zum Bezahlen bereit machte, legte sie einen Ermäßigungscoupon dazu und sagte, ich habe noch etwas für Sie, davon können Sie heute Abend auch einen Rotwein trinken. Elsa versicherte, sie werde dabei an sie denken.

Am Abend, als Elsa an diese Begegnung dachte, wurde ihr wieder einmal bewusst, wie wenig dazu gehört, um im Anderen den Menschen wahrzunehmen.

Ganz klein können die Schritte sein, mit denen wir bei unserem Gegenüber die freundliche Seite herauslocken. Einander wirklich wahrnehmen kann viel verändern, ging es Elsa durch den Kopf.

Regina Gay

Meine Strandbekanntschaft

Es ist einer dieser wunderbaren Sommertage, an denen es im Binnenland drückend heiß ist, an der See aber immer noch eine erfrischende Brise weht.

Ich sitze im Café. Jetzt noch, bevor ich an den Strand gehe, eine Eisschokolade genießen, auch wenn die metallenen Stühle unangenehm sind und das Café nicht besonders einladend ist. Und dennoch ist es stets etwas Besonderes für mich, hier an dieser Stelle zu sitzen, in der Vorfreude auf den Strand.

Träumend sitze ich da und warte auf die Eisschokolade, als mich eine eilige Bewegung aufmerksam werden lässt. Eine Frau im Blümchenkleid kommt mit großen Schritten zielstrebig in den Außenbereich des Cafés. Sie scheint sich hier auszukennen und zieht ihren Hund an der Leine hinter sich her. Vor dem Wassernapf für Vierbeiner hält sie abrupt an, nimmt Kontakt mit ihrem Hund auf und fordert ihn mit einer Geste zum Trinken auf.

Spricht sie auch mit ihm? Ich kann es nicht hören. Das alles ist Pantomime für mich. Der Hund lehnt ab. Ich dichte ihm den Gedanken an, er möge nicht aus solch einem Napf für alle Hunde trinken. Er scheint angewidert zu sein, so denke ich. Sofort hat er meine Sympathie. Es mag sein, dass er an diesem Ort, der vom Meer umspült ist, gar kein Verlangen nach Wasser verspürt.

Sein Frauchen, nein, sie wirkt gar nicht wie ein Frauchen. Das ist nicht die richtige Bezeichnung, sie klingt zu liebevoll. Also, seine Herrin dreht sich abrupt um, zieht den Hund um sich herum, bis er ganz gelassen neben ihr her trippelt.

Ein Schäferhund mag sein Urahn gewesen sein, über seinen genaueren Stammbaum denke ich nicht nach. Er sieht aus wie ein kleiner Schäferhund mit den wachen

104

Augen eines Mischlings.

Später am Strand fällt mir von Weitem unter all den anderen Hunden einer auf, der einen riesigen Stock aus dem Wasser holt, um ihn dann voller Stolz am Strand herumzutragen. Ist er das, denke ich, da fällt mir auf, dass er in der Nähe der Blümchenkleiddame ist, immer in der Erwartung, sie wirft den Stock wieder in das Meer. Er ist so eifrig mit dem Stock beschäftigt, während sie nun anscheinend ein wenig Ruhe haben will. Sie steht nur da und schaut auf das Wasser. Nichts ist mehr so energisch an ihr, wie es vorhin im Café schien. Ab und zu wirft sie den riesigen Stock für ihren Hund noch ins Meer, aber es scheint sie zu langweilen. Der Hund wirkt enttäuscht. Trotz all seiner deutlichen Zeichen steht sie bald nur noch da und schaut aufs Meer.

Ich entschließe mich ins Meer zu springen und muss ein Stückchen am Strand entlanggehen, um einen Platz zu finden, an dem ich nicht über Steine in das Wasser muss. Dabei komme ich an dem Hund vorbei, der am Flutsaum auf einen Mitspieler wartet. Seine Herrin hat sich ausgeklinkt. Spürt er das irgendwie? Er folgt mir. Ich werfe ihm einen kleinen Stock ins Wasser. Er holt ihn und kommt weiter hinter mir her. Sowie ich mich bücke, um einen besonderen Stein aufzuheben - und es sind hier viele besondere Steine - steht er sofort neben mir. Enttäuscht! Wieder kein Stöckchen geworfen.

Inzwischen haben wir uns weit entfernt von seiner Herrin. Immer wieder sage ich zu ihm, geh zu Frauchen! Zuerst freundlich und dann mit Nachdruck. Versteht er das nicht, oder ist bei ihm gerade nur Spiel angesagt? Inzwischen scheint er mein Hund zu sein. Kurz bevor ich mich nun zum Schwimmen entschließe, sage ich noch einmal laut und deutlich, geh zu Frauchen! Neben mir höre ich eine junge Frau sagen, ich dachte, es wäre ihr Hund. Nein, das ist er nicht, er tut nur so.

Nachdem er absolut nicht zurückgehen will, springe ich in die Wellen. Er springt mir nicht hinterher. Wie gut. Das hatte ich schon anders erwartet.

Von Weitem höre ich die Dame im Blümchenkleid nach ihrem Hund rufen. Sie ist sehr weit entfernt. Immer wieder ruft sie. Kann er das nicht hören? Er kann doch um Vieles besser hören als ich, geht es mir durch den Kopf.

Wie angewurzelt bleibt er an der Stelle stehen, an der ich ins Wasser sprang. Die Augen immer in meine Richtung. Eine Sympathiekundgebung, ein wenig ist er doch schon mein Hund geworden, oder hofft er nur immer noch auf einen Stock?

Seine Herrin kommt unter lautem Rufen immer näher, er behält seinen Blick stoisch auf das Wasser gerichtet. Als sie ihren Hund erreicht, ist sie sofort wieder die Energische. Bevor sie ihn bewegt mit ihr vom Strand zu gehen, sieht er sich noch einmal zu mir um. Ich schaue den Beiden hinterher, bis sie sich noch einmal umdreht, um mir kurz zuzuwinken.

Tut sie das stellvertretend?

Überraschungsgäste

Nichtsahnend wie fast an jedem Nachmittag um diese Jahreszeit, fuhr Klaus in sein Revier. Hinaus auf den langen Feldweg, der nach zwei Kilometern in eine renaturierte Fläche mündete, auf der er so gerne die Insektenvielfalt beobachtete.

Aber was sah er da von Weitem? Die Menschen werden immer dreister, dachte er. Am Rand eines Weizenfeldes machten sich vier junge Männer, die aus ihrem Auto gestiegen waren, daran, ihr Gepäck um sich herum zu verteilen. Er hielt an, sah an ihrem Autokennzeichen, dass sie aus Regensburg kamen und begrüßte sie. Auf seine Frage, was sie vorhätten, erwiderten sie, dass sie hier für eine Nacht zelten wollten. Eigentlich, erklärte er ihnen, sei ihr Vorhaben fast so dreist, als wolle er ungefragt in ihrem Vorgarten übernachten.

Ihr freundliches Verhalten stimmte ihn nachsichtig. Er sagte ihnen, er wolle fahren, um den Eigentümer für sie um Erlaubnis zu fragen. Das tat er, fuhr zu ihnen auf das Feld zurück und brachte ihnen die Erlaubnis hier für eine Nacht zelten zu können. Erleichtert luden die vier jungen Leute ihn zu einem Bier ein. Im Gespräch stellte sich heraus, diese vier jungen Männer kannten sich aus ihrer Schulzeit, studierten nun in Regensburg und Wien, und hatten sich vorgenommen im Auto des einen für eine Woche in Deutschland unterwegs zu sein.

Klaus lud sie zum nächsten Morgen zu sich nach Hause zum Frühstück ein und verabschiedete sich mit Wünschen für eine ungestörte Nacht.

Pünktlich am nächsten Morgen erschienen sie zur abgemachten Stunde. Der Tisch war in der Sonne auf der Terrasse gedeckt und es entspann sich sehr bald eine lebhafte Unterhaltung. Noch nie waren sie in Deutschland soweit im Norden unterwegs gewesen und sie staunten über die hügelige Landschaft. Wie so viele andere hatten sie sich Schleswig-Holstein eben wie ein Brett vorgestellt. Die Fremdheit war bald verflogen. Sie erzählten, dass die Idee zu dieser Reise in ihren Semesterferien entstanden war. Sie hatten sich in ihrem Heimatort getroffen und spontan beschlossen, miteinander eine Woche durch Deutschland zu fahren. Egal, wo es sie hinführen würde. Ihr einziger Fixpunkt war es, just an diesem Tag, nachmittags eine Kommilitonin zu treffen, die in St. Peter ein Umweltpraktikum machte.

Wo liegt St. Peter, wenn man aus Regensburg kommt? Kurzentschlossen wurde nach zwei Stunden der Frühstückstisch abgeräumt. Eine große Deutschlandkarte brauchte Platz. Ausgebreitet konnte auf ihr das ganze Ausmaß ihrer Reise demonstriert werden und die Entfernung zwischen Regensburg und St. Peter wurde anschaulich. Mit dem Finger auf der Landkarte erklärten die jungen Männer ihre zurückgelegte Route und berichteten von Anekdoten, die sie dabei erlebt hatten. Am Ende sagten sie, das kennen wir gar nicht mehr, solch eine ausgebreitete Landkarte. Wir kennen nur noch die Ausschnitte, die uns unser Handy bietet.

Nach diesem anregenden Morgen verabschiedeten Anna und Klaus ihre fröhlichen Gäste in Richtung St. Peter.

Zum nächsten Weihnachtsfest flatterte eine Karte in das Haus mit der sie sich noch einmal bedankten und sie schrieben, wie gerne sie sich an diesen Morgen im August erinnerten.

Brigitte Gehlhaar

Abendlicher Besuch

Mein geliebter dicker Kater,
einst bekam ich ihn von meinem Vater,
saß abends am geöffneten Fenster und starrte
ins Dunkle, und nun der Dinge harrte.

Fledermäuse jagten nach Mücken und Falter.
Vom Fenster aus fing der Kater nicht den Falter,
sondern fing, alter Verwalter,
eine klitzekleine Fledermaus
und brachte sie mir ins Haus.

Da legte er sie mir, ei der Daus,
vor die Füße, diese regungslose Maus.
Ich rettete sie behände
in meine schützende Hände.

Zum ersten Mal bekam ich eine so nah zu Gesicht -
war immer schon darauf erpicht.
Nun rührte sie sich immer noch nicht.
Ich nahm sie erstmal in Anschein und Sicht.

Ganz zerzauselt war ihr Fell,
strich es ihr wieder glatt ganz schnell.
Das Licht war ihr mit Sicherheit auch zu grell.
Legte geschwind die zweite Hand auf den lütten Gesell.

Da vernahm ich eine winzige Bewegung,
Ui, es kommt in das kleine Leben Schwung!
Sie hat meine volle Aufmerksamkeit
und soll wieder fix zurück in die Dunkelheit.

In die schwarzen Knopfaugen geschaut - ist nicht
verkehrt,
um zu sehen, ob sie auch wirklich völlig hergestellt und
unversehrt.
Da breitet sie schon ihre Flügel aus
und macht in die Nacht - husch - durchs offene Fenster
wieder kehrt.

Das Gespenst

Ich bin auf dem Nachhauseweg und habe beschlossen, zu Fuß zugehen.

Den Abend hatte ich bei netten Leuten zugebracht mit bester Stimmung, vielen Erzählungen, köstlichem Essen und gutem Wein.

Der Abend ist lau, es weht ein leichter Wind an diesem Sommertag. Die Sonne ist gerade untergegangen, aber es ist noch hell genug, so dass ich die bunten Gärten bestaunen kann, an denen ich vorbeischlendere. Ich habe es nicht eilig, daher kann ich den Heimweg genießen. Schon kann ich in der Ferne die Straßenkreuzung erkennen, an der das Haus steht, in dem ich wohne. Mein Weg führt jetzt an einer fast mannshohen Hecke vorbei, die bis zu der nächsten Einfahrt ein Grundstück umsäumt. Danach folgt ein Wohnhaus mit einer Rasenfläche bis zur Straße. Genau an dieser Stelle, aus meiner Sicht am Ende der Hecke - bei der Einfahrt - vernehme ich etwas, was ich nicht deuten kann. Mein Gang wird etwas zögerlicher, ich schaue genauer hin und halte den Atem an.

WAS IST DAS? Ich vernehme etwas, das über der Hecke weiß hervorweht, vom Wind leicht bewegt wird, genau wie etwas Helles, das neben der Hecke immer wieder hervorlugt. Nur von der Hecke wird dieses Etwas verdeckt und das vom Wind immer wieder bruchstückchenhaft zu erkennen ist. Aber verdammt, was ist das nur? Ich muss dort vorbeigehen - hab doch nur noch ein paar Meter bis zu meinem Zuhause! Eigentlich bin ich nicht besonders ängstlich. Dennoch schlägt mein Herz schneller. In meinem ganzen Leben ist mir nichts Vergleichbares untergekommen. Blitzschnell gehen mir Gedanken durch den Kopf: Sollten es doch Geister geben? Soviel Wein hatte ich doch gar nicht getrunken, als dass ich jetzt schon Gespenster sehe... Aber meine Neugier siegt. Schon bin ich an die gewisse Stelle gekommen, wo ich das ,Gespenst' erblicken soll und mache mich auch darauf gefasst, auf die andere Straßenseite zu fliehen. Nur noch einen Schritt, dann... blicke ich in zwei blaue gütige Augen, ein Lächeln empfängt mich und ein freundliches:

„Guten Abend!" Mit Allem hatte ich gerechnet, doch damit nicht! Erleichtert atme ich tief durch und kann zurücklächeln und seinen Gruß erwidern. Ein älterer Herr mit längerem, schlohweißem Haar steht gut gekleidet mit einem hellen Trenchcoat, den er offen trägt, in der Einfahrt. In den Händen hält er zwei Blumentöpfe in flüchtig, locker eigeschlagenem Seidenpapier. Das alles wird nun vom Wind in Bewegung gesetzt und hatte von Weitem wie ein Gespenst auf mich gewirkt. Aber diese Weisheit behalte ich lieber für mich. Stattdessen deute ich auf die Blumen und meine:

„Die sind aber schön." Der freundliche Herr nickt und beginnt zu erzählen. Er war auf einer Feier im Logenhaus, die Tische waren mit diesen Blumen geschmückt, die er dort nicht zurücklassen wollte. So hatte er die Pflanzen für seine Frau ergattern können, die schon mit dem Wagen unterwegs wäre, um ihn abzuholen. Schmunzelnd kontere ich:

„Ach, ich dachte, sie würden hier stehen, um diese Blumen an der Straße zu verteilen." Er lacht und reicht mir tatsächlich eine der Blumentöpfe zu und meint, ich könne gerne einen davon bekommen. Es würde reichen, wenn seine Frau eine Pflanze erhält. Auf mein erschrockenes:

„So hab ich es aber nicht gemeint", antwortet er nur:

„Ist alles gut so. Ah, da kommt sie auch schon", und zeigt auf ein Auto, das gerade in die Straße einbiegt. Mich bedankend und freudig überrascht über mein Geschenk verabschiede ich mich von meiner unerwarteten Begegnung und denke so bei mir: ‚Wie schön, dass es noch gute Geister gibt!'

Die Pflanze hab ich wie ein Kleinod lange gehegt und gepflegt, den netten Herrn aber nie wiedergesehen.

Der König aller Steine

ist ein riesiger Berg.
Genau gesagt: ein Massiv.
Er ist nicht ganz alleine,
neben ihm stehen viele - einer ist fast ein Zwerg.
Wagemutige erklimmen seine Haut,
Maler stehen vor ihm mit Stativ.
Ringsherum ist er mit Wohnorten zugebaut.

Im Innern schlägt sein Herz,
glühend, brodelnd und heiß.
Seine Adern schimmern rein von Erz.
Auf dem weißem Haupt trägt er ewiges Eis.
Manch einer fährt von ihm hinunter auf Skiern.
Andere, wohlig gehüllt im Nerz,
gehen auf seinen Wegen im Schnee spazier´n.

Scheint die Sonne mal zu heiß,
rinnt ihm übers Gesicht das Wasser hinunter.
Was anfänglich sich andeutet wie Schweiß
wird schnell ein Rinnsal,
bis schließlich ganz munter,
ein Flüsschen fließt ins Tal.
Nicht immer gefällt es ihm -
er wird obenherum schon kahl.

Oft schon bekommt er Bedenken,
dass er sein weißleuchtendes Haupt ganz verliert.
Ein neues kann ihm keiner schenken.
Wenn nur nichts eskaliert!

Was einmal schneeweiß war, wird zum See
(und das gefällt ihm ganz und gar nicht),

überschwemmt im Tal Wiesen mit Klee.
Bleischwere Beine lassen ihn nicht fort -
und das fast unermessliche Gewicht
zwingt ihn zu bleiben an diesem Ort.
Auch will er nicht verlieren sein Gesicht.

Von weither sieht jedermann ihn dort.
Selbst Straßen führen an ihm hinauf, in Serpentinen.
Hoch oben vom Plateau sieht man dann in die Ferne.
Tief unten graben sich ins Innere Höhlen und Mienen,
Raubbau begann an diesem Ort.
Herausgeholt werden Kohle, Erz und vieles mehr...
Auch Silber, funkelnd wie Sterne.
Die hohlen Adern gefallen ihm nur schwer.

Kalte Winde peitschen in sein Gesicht.
Er stellt sich die Frage: Ist er alt - ist er jung? Er weiß es
nicht...
Er kann sich das auch nicht denken.
Veränderung hat er eigentlich nicht gern.
Ruhe hat er auch keine!
Aber DAS hat schon schwer Gewicht:
ER ist König der Steine!

Brigitte Gehlhaar

Der Schmetterling

Lautlos wie ein Blatt vorbeischwebt,
ganz zart wie ein Spinnweb
an einer immergrünen Zeder,
so leicht wie eine Kückenfeder,
hell wie ein Hauch Schwanenflaum -
doch man ahnt ihn kaum!
War so zerbrechlich wie Zuckerglas -
eigentlich vergleichbar mit nirgendwas!
Ach du wunderschönes, lebloses Ding;
auf dem Weg liegst du bunter Schmetterling...
Wie zart - wie leicht - wie klein
muss deine Seele sein!
Meine trauert um dich!
Ganz vorsichtig und fürsorglich
bette ich dich unter dem Farn,
dass dich keiner finden kann.

Brigitte Gehlhaar

Der Zitronenfalter

Die zierlichen Flügel ausgebreitet auf der Erde
liegst du auf meinem Weg.
Wunderschön - aber leider leblos.
Ich stubse dich sachte an,
ob vielleicht von deinem kleinen Leben
noch etwas gerettet werden kann.
Jetzt hab ich im Hals einen dicken Kloß
in meiner ohnehin schon trocknen Kehle.
Keiner kriegt mich jetzt weg von hier.
Auch verjagen mich keine zehn Pferde.
Was hat dich bloß getötet?
Äußerlich ist nichts zusehen an dir.
Wie schnell kann sie doch zerbrechen
so eine wunderbare, sensible Seele!
Ich höre ganz gebannt,
wie die Gräser im Moor mir zuraunen
und der Vogel in den Zweigen mir zuflötet:
,Er ist leider nicht mehr!'
Ich hebe dich vorsichtig auf und
lege dich sacht in meine Hand.
Nun kann ich dich unendlich lang bestaunen.
Je länger du dort wie schlafend liegst,
wächst der Wunsch, dass du einfach fliegst.
Ich halte die zweite Hand schützend über dich,
doch diese Wärme hilft dir nicht.
Wie Blütenblätter einer verblühten Blume -
ebenso leblos - so verletzbar - so zart!
Ich bette meinen Fund unter das Blatt einer Dotterblume.
Du siehst jetzt aus, als wärst du ein Teil von ihr.
Keiner soll auf dich treten.
So findet dich keiner hier!
Mir wird so schwer um's Herz:

So ein zerbrechliches, winziges Tier -
aber so groß mein Schmerz!
Jetzt ist Zeit für meine Weiterfahrt.
Schau nochmal zum Ort zurück.
Immer noch etwas betreten
setze ich mich auf's Rad.
Die ersten Regentropfen rinnen
schon über mein trauriges Gesicht -
oder sind es gar meine Tränen?
Regen, ein toter Falter - ich hab heut einfach kein Glück!

Eine dunkle Gestalt

Ein junger Musiker mit seiner Gitarre unter dem Arm geht die Straße entlang, seinem Zuhause entgegen. Er hat sich eine Zigarette angezündet und zieht gedankenverloren daran. Es ist spät an diesem Abend geworden. Er kommt aus dem Pub und ist in Gedanken noch bei den anderen Musikern, mit denen er sich einmal in der Woche zu einem Glas Bier trifft. Sie spielen dann, was ihnen in den Sinn kommt, vorzugsweise aber klassische Songs aus Irland oder Schottland. Sie musizieren in verschiedensten Gruppierungen, alle zusammen oder der eine oder andere wagt auch mal ein Solo. Fast immer äußern die Gäste, die dort regelmäßig erscheinen, ihre Musikwünsche und singen gelegentlich auch mit. Man kennt sich eben, und auf jeden Fall ist die Stimmung immer gut. Heute war sie besonders ausgelassen, denn ein Gast hatte einen ausgegeben, um seinen Geburtstag zu feiern.

So in Erinnerungen vertieft will er hinter ein Mehrfamilienhaus in die nächste Straße nach rechts einbiegen, in der er wohnt. Da wird er auf ein lautes unbekanntes Rascheln aufmerksam. Als er schon etwas zögerlich um die Ecke geht, nimmt er dicht vor sich ein schwarzes Etwas wahr und erschrickt sich so heftig, dass sein Herz fast stillsteht. Denn damit hatte er nicht gerechnet: Vor ihm tritt eine Gestalt, gehüllt in lange schwarze Tücher und Gewänder, die sie beim Gehen mit lautem Geräusch umflattern, in Erscheinung. Zu sehen sind nur ihre dunklen Augen.

Blitzschnell kann der Musiker dann doch erfassen: Diese Augen sind ebenso erstarrt vor Schreck wie wohl seine eigenen auch. Beide bleiben wie angewurzelt stehen, um nicht zusammenzustoßen. In der nächsten Sekunde erkennt er: Es ist eine Muslima in ihrem schwarzen Abaya

und Burka, der Ganzkörperumhüllung und Gesichts-
verschleierung. Sie ist ebenso wie er überrascht und
erschreckt. Sie hatte ihn wohl ebenso nicht kommen hören,
weil das Rascheln ihrer Kleidung alle anderen Geräusche
überdeckte. Schnell entschuldigt er sich und geht einen
Schritt zur Seite, um ihr den Weg frei zu machen. Eine
junge Frauenstimme antwortet ihm in gebrochenem
Deutsch - wie eine Wiedergutmachung - dass sie es schon
kenne, dass man sich vor ihr erschrickt und setzt ihren Weg
wieder fort.

Bevor er jetzt weitergehen kann, muss er sich auf den
Schrecken hin eine neue Zigarette anzünden, um dann den
Rauch tief einzuatmen. Ihm ist nicht entgangen, dass seine
Knie weich geworden sind.

Er hatte schon von dieser Frau gehört. Seiner Schwester ist
sie auch schon begegnet, die sich über sie im ersten
Moment auch so erschrocken hatte. Aber er selbst war
vorher nie auf sie getroffen, obwohl sie ganz in seiner Nähe
wohnen soll.

Brigitte Gehlhaar

Hungriger Nachwuchs

Draußen vor meinem Küchenfenster tut sich was:
Da sitzt er nun, der kleine freche Fratz,
und ruft laut nach seiner Mutter,
sie solle schnell holen sein Futter.

Vor lauter Hunger schimpft
der freche kleine Pimpf.
„Soll er doch selber suchen -
es jedenfalls mal versuchen!"

So klingt es von der andern Straßenseite -
und das schon recht müde...
Aber nochmals sie ihm etwas bringt,
denn er wurde schon ordentlich rüde.

Dieser kleine Kerl braucht wirklich viel Futter,
schon ist er größer als die Mutter.
Sie sucht unermüdlich kreuz und quer,
meist hüpft er der Mutter hinterher.

Bettelt mit flatternden Flügeln.
Zum Essen braucht er keine Gabel,
sie stopft es ihm gleich in seinem aufgesperrten Schnabel.

Wie ich die beiden so höre,
ganz nah an meinem Ohr,
hole ich meinen Hocker, um wie ein Fuchs
zu sehen den wins'gen Nachwuchs.

Will von oben nur einen kurzen Blick von ihm erhaschen
und greife flink den Fotoapparat aus den Taschen.

Da ist er aber schon - brrrrrt – weg von seinem Platz,
der kleine hungrige Spatz.

Bernd Lohse

Begegnung mit einem Bundesligaspieler

Ich muss so etwa sieben Jahre alt gewesen sein. Meine Eltern hatten lange auf ein eigenes Auto gespart. 1963 stand schließlich der gebrauchte VW Käfer mit Brezelfenster vor der Tür. Er war dunkelblau und verfügte über kraftvolle 34 PS. Am Wochenende fuhren meine Eltern mit meinen Geschwistern und mir häufig nach Malente zu Verwandten oder im Sommer an die Ostsee. Zur damaligen Zeit war der Weißenhäuser Strand noch ein Geheimtipp und touristisch nicht so erschlossen wie heute. An einem schönen Sonntag im Juli fuhren meine Eltern mit uns dort hin. Meine Mutter hatte Kartoffelsalat und Würstchen eingepackt und mein Vater hatte seinen Strohhut auf dem Kopf, den er immer trug, wenn es an den Strand ging. Ich war das Nesthäkchen der Familie und durfte im Auto auf der Rückbank zwischen meinen Schwestern Platz nehmen. Meine Schwestern waren zum damaligen Zeitpunkt sechzehn und achtzehn Jahre alt und somit schon fast erwachsen. So ein kleiner Bruder, der dauernd mit ihnen am Strand Fußball spielen wollte, nervte gelegentlich, aber eigentlich verstanden wir uns ganz gut. Nach ungefähr einer Stunde Fahrzeit, vorbei am Selenter See und Hohwacht, waren wir schließlich am Ziel angekommen. Sofort begann ich, unterstützt von meinem Vater, mit meiner Schaufel eine Sandburg zu bauen, um unser Territorium abzugrenzen und gegen fremde Strandbesucher zu sichern. Meine Mutter hatte die Stranddecke ausgebreitet und meine Schwestern hatten bereits mit dem Sonnenbaden begonnen.
Als die Strandburg fertig war, beschloss ich, am Strand nach Muscheln zu suchen, um unsere „Festung" zu verschönern. Meine Schwestern waren immer noch mit Sonnenbaden beschäftigt und hatten wenig Lust, mit mir

Fußball zu spielen oder ins Wasser zu gehen. Schließlich erbarmten sich meine Eltern und badeten mit mir in der kühlen Ostsee. Nachdem wir uns abgetrocknet hatten, begann meine Mutter, den Kartoffelsalat so gerecht wie möglich auf fünf Teller zu verteilen.

Aus den Augenwinkeln sah ich, wie zwei junge Männer, so etwa Anfang zwanzig, sich unserer Strandburg näherten. Sie lächelten freundlich und fragten höflich, ob sie sich meinen Fußball, einen Lederball, den ich zum Geburtstag bekommen hatte, einmal ausleihen dürften. Ich willigte sofort ein, weil ich hoffte, dass die jungen Männer mit mir nach dem Essen noch ein wenig kicken würden. So widmeten wir uns dem Kartoffelsalat meiner Mutter, den sie weltmeisterlich zubereiten konnte, und den reichlich vorhandenen Würstchen. Nur am Rande wunderte ich mich, dass meine hübschen Schwestern dem Essen nicht so viel Aufmerksamkeit widmeten, sondern immer wieder den Augenkontakt zu den jungen Männern suchten und ihnen beim Fußball spielen zusahen. Das hatten sie bei mir nie getan!

Wie immer hatten wir ausreichend Verpflegung mitgenommen. So war es auch kein Wunder, dass noch Kartoffelsalat und Würstchen übrig waren. Da meine Mutter ein sehr kontaktfreudiger Mensch war, sprach sie die jungen Männer, die mit meinem Lederball auffällig gut jonglieren konnten, an, und lud sie zum Essen ein. Die beiden Fußballer willigten sofort ein. Einerseits lockte vermutlich das leckere Essen, andererseits gab es sicher auch ein berechtigtes Interesse an einem Flirt mit meinen Schwestern. Sie erzählten, dass sie von der Seekadettenschule Weißenhaus kämen und eigentlich aus Hannover stammten. Sie wären hier, um ihren Wehrdienst abzuleisten. Mein Vater, der damals schon sehr interessiert am Fußballsport war und gelegentlich die Heimspiele von Holstein Kiel besuchte, fragte dann, woher sie das

Fußballtalent hätten, das schon beim Jonglieren mit dem Ball am Strand sofort erkennbar war. Der eine der beiden jungen Männer hatte einen auffallend muskulösen Körper und einen dunklen, leicht südländischen Teint. Er antwortete, dass er Jugendnationalspieler gewesen sei und für Arminia Hannover in der Fußballoberliga spielen würde. Das alles beeindruckte mich als kleinen Steppke und Fußballfan sehr. Ich durfte meinen Vater gelegentlich ins Holstein-Stadion begleiten. Auch wenn ich auf den Stehrängen nicht viel sehen konnte, so habe ich die Atmosphäre aufgesogen wie ein Schwamm.

 Ich war an diesem Tag am Strand der glücklichste Junge in ganz Schleswig-Holstein, als die beiden jungen Männer nach dem Essen mit mir Fußball spielten.

In der folgenden Woche bearbeitete ich meinen Vater so lange, bis er mit uns am Sonntag wieder nach Weißenhaus fuhr. Es dauerte dann auch nicht allzu lange, bis der Arminia-Spieler wieder zu uns an den Strand kam. Sein Kumpel musste Wache schieben und er hoffte, dass die freundliche Familie aus Kiel wieder an der Ostsee sein würde. Er erzählte, sein Name sei Gerhard Elfert und sein Ziel sei es, in die neu gegründete Bundesliga zu wechseln. Wegen seines südländischen Aussehens würden ihn alle Amigo nennen.

In der Schule erzählte ich meinen Klassenkameraden von meinem neuen Freund Amigo Elfert. Keiner aus meiner Klasse, auch nicht die Fußballfans, kannte ihn und so war ich doch etwas enttäuscht. Das änderte sich allerdings 1965. Ich blieb im Briefkontakt mit Amigo über mehrere Jahre. Vielleicht war ich ja sein einziger Fan, vielleicht hatte er auch Mitleid mit mir. Aber er schrieb mir regelmäßig. Im Herbst 1965 lag plötzlich ein Brief von Amigo im Briefkasten. Darin eine Autogrammkarte von Borussia Mönchengladbach mit den Originalunterschriften von Günter Netzer, Berti Vogts und Gerhard Elfert. Amigo war nach Gladbach gewechselt und bildete dort mit Günter Netzer die Mittelfeldachse. Samstags konnte ich meinen Brieffreund in der Sportschau sehen.

Am nächsten Tag nahm ich den Brief und die Autogrammkarte mit in die Schule und war – zumindest bei den Jungen in der Klasse – im Mittelpunkt des Interesses.

Irgendwann kamen dann keine Briefe mehr und wir verloren uns aus den Augen.

Vor ein paar Tagen habe ich Amigo Elfert gegoogelt. Er hat noch ein paar Jahre bei Eintracht Braunschweig und dem VFL Osnabrück Fußball gespielt und ist dann Vertreter einer großen Sportartikelfirma geworden. Heute lebt er in der Nähe von Gummersbach.

Ich habe überlegt, ihm einen Brief zu schreiben. Ob er sich wohl an mich erinnert?

Diese frühe Begegnung in meinem Leben werde ich jedenfalls nicht vergessen.

Bernd Lohse

Liebe auf den ersten Blick

Markus und Sandra hatten sich auf dem Sportlerball im Bahnhofshotel kennen gelernt. Sie waren beide 19 Jahre alt. Markus hatte die hübsche Sandra zum Tanzen aufgefordert. Schnell war klar, dass sie sich sympathisch waren. Nach ein paar Gläsern Sekt an der Bar kamen sie sich näher. Schließlich durfte Markus seine Traumfrau nach Hause bringen. Sie war von zierlicher Gestalt und hatte langes blondes Haar. So wie Markus es sich immer vorgestellt hatte. Vor der Tür von Sandras Elternhaus küssten sie sich leidenschaftlich. Es war der Beginn einer langen und intensiven Beziehung.

Beide verband ihre Liebe zum Sport. Während der dunkelblonde Markus, der von kräftiger, muskulöser Gestalt war, in der Landesliga Fußball spielte, hatte Sandra schon in Kindertagen ihre Liebe zum Handball entdeckt. Sie hatte es bis in die Bezirksoberliga geschafft und war als Kreisläuferin eine große Stütze ihrer Mannschaft. Auch beruflich gingen sie ihren Weg. Markus war nach der mittleren Reife Finanzbeamter geworden, Sandra arbeitete als medizinische Fachangestellte bei einem Internisten. Sie hatten beide gerade ausgelernt und standen am Anfang einer beruflichen Karriere.

Nach diesem Abend im Bahnhofshotel trafen sie sich beinahe täglich. Markus begleitete seine Sandra zum Handballspiel und Sandra war nun regelmäßiger Gast auf den Sportplätzen, wenn Markus seine Punktspieltermine hatte. Schnell hatten sie einen gemeinsamen Freundeskreis und unternahmen fast alles zusammen. Auch die Eltern von Markus und Sandra waren froh über die Beziehung des jungen Paares. So ging es einige Jahre, bis der Wunsch nach einer ersten gemeinsamen Wohnung erwachte. Nach einiger Zeit hatten sie eine Dreizimmerwohnung gefunden, die ihnen von der Lage, aber auch vom Zuschnitt und besonders vom Preis zusagte. Mit Hilfe von Sandras Eltern wurde die Wohnung tapeziert. Für die Einrichtung hatte das junge Paar lange gespart und bei Möbel-Kraft alles gefunden, was sie benötigten und ihnen gefiel. Sie waren rundum glücklich und genossen ihre harmonische Partnerschaft.

Nachdem sie nun wussten, dass sie auch den Alltag zusammen bewältigen konnten, reifte bei ihnen der Entschluss zu heiraten. Es war eine wunderschöne Hochzeit, die sie in der Villa Fernsicht in Raisdorf mit fünfzig Gästen feierten.

Zwei Jahre später, sie waren inzwischen 24 Jahre alt und Markus war in den gehobenen Dienst aufgestiegen, entschlossen sie sich, eine Familie zu gründen. Doch auch nach längerer Zeit und intensiven Bemühungen kündigte sich kein Nachwuchs an. Dieser Umstand belastete ihre Beziehung in einer Art, wie sie es zuvor nicht gekannt hatten. Freunde im gleichen Alter bekamen Nachwuchs, bei dem jungen Paar stellte sich nichts ein. Sie wurden schweigsamer, insgeheim gab Sandra Markus die Schuld an der Situation, ohne aber darüber mit ihm zu sprechen. Schließlich nahm sie allen Mut zusammen und bat Markus, sich untersuchen zu lassen. Markus zeigte Verständnis und suchte ärztliche Hilfe. Das Ergebnis war niederschmetternd. Er war nicht zeugungsfähig und die Anzahl seiner Spermien ließ sich auch durch Medikamente nicht erhöhen. Für Sandra brach eine Welt zusammen und auch Markus war traurig und ratlos. Sandra weinte viel und wurde noch schweigsamer als zuvor.

Markus hatte sich auf der Arbeitsstelle einem älteren Kollegen anvertraut. Dieser brachte ihn auf die Idee, ein Kind zu adoptieren. Abends besprach Markus diese Möglichkeit mit Sandra. Sie war zunächst skeptisch, aber nach einigen Tagen konnte sie sich diesem Gedanken annähern. Sie meldeten sich beim Jugendamt. Wenig später erschien eine nette Dame vom Amt bei ihnen und erklärte die weiteren Abläufe des Verfahrens. Sie sollten sich auf eine Liste setzen lassen, auf der bereits zahlreiche Paare vermerkt waren, die ebenfalls ein Kind adoptieren wollten. Die Wartezeit würde etwa drei Jahre betragen, wenn sie ein neugeborenes Baby adoptieren wollten. Bei älteren Kindern würde es schneller gehen. Darüber hinaus würde das Amt ihre persönlichen und finanziellen Verhältnisse prüfen und ein polizeiliches Führungszeugnis anfordern. Noch an diesem Tag unterzeichnete das Paar eine Einverständniserklärung.

In den folgenden Jahren gab es lockeren Kontakt zum Jugendamt, das immer wieder einmal nachfragte, ob der Adoptionswunsch noch Bestand hätte. Zwischenzeitlich fanden auch Termine im Amt statt, bei denen Hintergrundinformationen zum Adoptionsverfahren vermittelt wurden. Markus und Sandra lernten dabei andere Ehepaare kennen, die in ähnlicher Situation waren wie sie. Dies half etwas über die schwierige Zeit hinweg.

Es waren etwa drei Jahre vergangen, als das Telefon klingelte. Markus war allein zu Hause, Sandra war zum Handballtraining. Das Jugendamt war am Telefon und fragte, ob sie bereit wären, einen Jungen, der vor zwei Tagen geboren wurde, kennen zu lernen und wenn ja, sollten sie sich einen Namen für das kleine Geschöpf überlegen. Markus schossen die Tränen in die Augen. Leider konnte er seine Freude nicht mit Sandra teilen. Er zog sich seine Jacke an und fuhr in die Sporthalle, in der Sandras Mannschaft trainierte. Sandra schaute sehr verwundert, als sie ihn dort sah. Er gestikulierte so heftig, dass Sandra das Training abbrach und zu ihm lief. Mit überschäumender Freude rief er ihr zu: „Sandra, wir bekommen ein Kind! "

Am nächsten Tag fuhren sie in die Klinik. Die Dame vom

Jugendamt war schon dort. Eine Schwester drückte Sandra ein kleines Bündel in die Hand. Müde kleine, blaue Augen blinzelten die Beiden an. Das Kind hatte dichte dunkle Haare und war das hübscheste Baby auf der Welt. „Haben sie schon einen Namen für den Jungen? " „Er soll Kay heißen", antwortete Sandra mit Tränen in den Augen.

Für das junge Paar war es **Liebe auf den ersten Blick**, die ein Leben lang halten sollte.

Alles nicht so einfach

Meine Geschichte begann mit dem Wechsel in ein neues Zuhause. Ich, eine ausgebildete Deutsch-Drahthaarhündin, habe einiges durchgemacht, um endlich die Ruhe zu finden, die mir als Jagdhündin gebührt. Schließlich muss ich meine jagdlichen Fähigkeiten jederzeit unter Beweis stellen können. Grobe Schnitzer kann ich mir nicht erlauben. Bei einer Treibjagd den Dackel eines Weidmannes, anstatt den geschossenen Hasen zu apportieren, wäre fatal. Das Aus meiner jagdlichen Laufbahn denkbar! Soweit darf es nicht kommen.

Mein Name ist übrigens Mücke.

‚Mücke von der Kornstube‘, so steht es in meinen Papieren, um meine Reinrassigkeit zu dokumentieren.

„Mücke", welch ein Name für eine ausgewachsene, breitschultrige Hundedame mit Stiernacken und dickem Schädel, um den mich manch Rottweiler beneiden würde?

Unter dieser Prämisse: ‚Für die Jagd bestens geeignet‘, so argumentierten meine Vorbesitzer und waren stolz auf mich! Nur richtig geliebt – dazugehörig – fühlte ich mich bei denen nie. Zwingerhaft war angesagt!

Ich jedoch wünschte mir Familienanschluss: Mal mit ins Haus genommen zu werden, davon träumte ich! Doch das war nicht angedacht. Wie auch? Das Jägerehepaar war sich trotz ihrer Gemeinsamkeiten keineswegs grün und ließ sich scheiden. Folglich wurde ich Opfer dieses Treuebruchs, und blieb vorerst bei Herrchen. Doch der fand immer weniger Zeit für mich, und auch das jagdliche Interesse geriet ins Hintertreffen. So entschloss er sich, mich abzugeben. Natürlich nicht umsonst! Ein ausgebildeter Jagdhund, mit gutem Tauglichkeitszeugnis hat seinen Preis. Vierstellig eben!

Herrchen annoncierte in der „Wild und Hund", einem Magazin für alle Weidmänner- und Frauen, die vermehrt in die Domäne der Pirsch vordringen.

Es kam, wie es kommen musste. Schneller als gedacht wurde ich zum Verkaufsgegenstand. Meine Freude war gedämpft. Ich wusste nicht, was mich bei einem Besitzerwechsel erwarten würde?

Ein Jungjäger zeigte Interesse. Er beabsichtigte ein Jagdrevier zu pachten. Doch dazu fehlte ihm ein ausgebildeter Jagdhund. Der Mann besaß zwar schon einen Hund, einen Schäferhund, namens „Bossi"!

Bossi wurde als Jagdbegleiter jedoch nicht anerkannt, obwohl er durchaus dazu in der Lage war, dieses Amt zu bekleiden! Bewiesen hat es der Rüde schon des Öfteren. War Not am Mann, wurde er zur Nachsuche eingesetzt. Beim Fährte aufnehmen stellte er nahezu jeden nominierten Jagdhund in den Schatten. Obgleich, zählen tat´s nicht! Trotz allem war der Besitzer mächtig stolz auf seinen Vierbeiner. Ginge es nach ihm, würde er die Gesetzeslage, zu Gunsten seines Hundes, ändern. Da das jedoch nicht machbar ist, sagte sich der Waidmann: ‚Dann muss eben ein Zweithund her', und antwortete spontan auf die Annonce, um mich in Augenschein nehmen zu können.

‚Ohne Jagdhund, kein Eigenrevier!'

Seine Frau reagierte skeptisch. Ihr Argument: „Was ist, wenn Bossi sich sperrt und keine Konkurrenz neben sich duldet?"

„Berechtigte Frage... Die vermag ich nicht zu beantworten!"

„Gut, mein Lieber... Mein Vorschlag: Lässt Bossi die Hündin, die wir uns ansehen werden, in unser Auto einsteigen, ist´s gelaufen."

So kam es, dass sich der Jungjäger mit Frau und dem Schäferhund, nach telefonischer Absprache mit Herrchen, schleunigst zu uns auf den Weg machten, um mich kennenzulernen.

Ohne Vorwarnung standen plötzlich zwei mir unbekannte Personen vor meinem Zwinger und gestikulierten mit Händen und Füßen, um mich anzulocken. Ich jedoch blieb auf meinem Strohlager regungslos liegen, bis Herrchen auftauchte und mich per Pfiff zu sich beorderte, nachdem er die Zwingertür geöffnet hatte.

„Das hast du brav gemacht, Mücke." Zeitgleich strich er mir über den Schädel, um mich zu besänftigen. An meiner Verhaltensweise erkannte er meine Skepsis diesen beiden Fremden gegenüber.

„Keine Angst, diese Leute tun dir nichts. Im Gegenteil, sie werden vermutlich deine neuen Besitzer sein, sofern ich mit denen handelseinig werde."

Herrchen beorderte mich bei Fuß und ging mit mir auf die beiden zu. Danach musste ich mich ablegen.

„Na..., was halten Sie von diesem Prachtexemplar? Wie Sie bemerkt haben dürften, klappt's mit dem Apell." Augenzwinkernd fügte er noch hinzu:

„Ein anhängliches Tierchen. An Mücke werden Sie Ihre wahre Freude haben: Aufmerksam, pflegeleicht und gelehrig!"

„Soso..., das mag schon sein. Von uns aus gibt's auch keinerlei Bedenken, was die Fähigkeiten dieser Hündin anbetrifft", bekundete der angereiste Jungjäger, bückte sich und kraulte mir den Rücken.

‚Das tat gut!'

Seine Frau tat es ihm gleich, wobei sie ihren mitgereisten Schäferhund ins Spiel brachte. Ihre bange Frage: „Wird sich unser Liebling dir, Mücke, gegenüber wohlgesonnen verhalten?" „Welch absurde Frage, mein Schatz. Bei einer Hundedame wie Mücke wird ihm das Herz aufgehen, da bin ich mir sicher. Schau nur, wie unruhig er bereits im Auto auf und ab tigert, wird Zeit, das zu unterbinden!"

Der mir inzwischen immer sympathischer werdende Fremde machte ernst! Bossi durfte den Jeep verlassen. Schneidig setzte er dabei zum Sprung an. Bremste ab, hob das Bein und markierte den erstbesten Baum. Ich war beeindruckt. Welch eine Eleganz! Leise pirschte ich mich an, um seine Duftmarke zu erkunden. ‚Genehmigt', dachte ich, setzte mich nieder und pinkelte drauf. Daraufhin folgte das gegenseitige Beschnuppern, und stellten dabei fest: ‚Wir können uns gut riechen.' Das Eis war gebrochen! Während die Menschen entspannt den Preis für mich aushandelten, tobten wir über die am Haus gelegene Wiese, bis es hieß: „Hopp, hopp... fertig machen für die Abreise, es geht nach Hause." –

Was keiner für möglich hielt, Bossi ließ mir beim Einsteigen den Vortritt.

‚Welch ein Glücksgefühl... Ein neues Zuhause!'

Hierzu sei noch folgendes anzumerken:

Bossi machte es mir nicht immer leicht. Oft zickte er rum! Außerdem wurde ich kastriert. Drahthaar-Schäferwelpen waren nicht erwünscht. Nichtdestotrotz stand Bossi immer voll und ganz hinter mir. Bis zu seinem Ableben durfte ich sogar nachts meinen Kopf auf sein Hinterteil betten. Dieses Gefühl der Geborgenheit fehlt mir bis heute. Das können mir Herrchen und Frauchen leider nicht ersetzen. Obwohl, sie würden alles dafür tun, denn auch ihnen fehlt Bossi sehr. Komme ich nachts ins Grübeln, kehre ich in mich und denke:

‚Glaube versetzt Berge!' Dem schließe ich an:

‚Vielleicht begegnen Bossi und ich uns ja aufs Neue, möglicherweise im Jenseits.'

Angstvolle Momente

Langsam normalisierte sich ihr Herzschlag. Die Gefahr schien gebannt. War die junge Frau damals überhaupt einer Gefahr ausgesetzt? Sie empfand es jedenfalls und war froh, dass, wie aus dem Nichts, ein Schutzengel auftauchte, der sie ein Stück weit des Weges begleitete, sodass sie zu Hause heil ankam.

Mechthild, eine hübsch anzusehende Kellnerin, arbeitete in einem Ausflugslokal, dem ‚Störgarten‘, der sich in den sechziger Jahren weit über Neumünster hinaus großer Beliebtheit erfreute! Nicht nur die gute Küche, mit internationalen Speisen, lockte die Gäste an: ‚Geselligkeit war Trumpf‘; und um die ging es allemal!
Im geräumigen Saal eroberten Tanzveranstaltungen aller Art die Herzen von Jung und Alt wie im Sturm! In der gemütlichen Gaststube droschen allabendlich Dorfbewohner Skat. Als Unterhaltungsmagnet erwies sich zudem der Tresen. Auf gemütlichen Barhockern lümmelten sich Stammgäste, die, nach getaner Arbeit, bei Bier und Korn dem Alltag entsagten. Die sechziger Jahre, sie versprühten Charme. Dieses gewisse Etwas war der flotten Bedienung gleichermaßen zu eigen. Mechthild war beliebt bei den Gästen. Das merkte die junge Frau. – Wenn sie gegen Mitternacht Kassensturz machte, blieb nach Abzug des Wechselgeldes, neben der Provision, ein beachtlicher Teil an Trinkgeld auf der Habenseite hängen. Darauf war sie stolz.

„Feierabend, Chef. Ich muss mich beeilen. In fünf Minuten fährt der Bus. Wenn ich den versäume, müssen Sie mich fahren." Ein kurzes Winken und Mechthild verschwand in die Dunkelheit der Nacht. Nur noch ein Überqueren der Hauptstraße, und sie erreichte den Busunterstand, der bei schlechtem Wetter gute Dienste leistete. Heute war dem nicht so; es war eine laue Sommernacht!

‚Wie immer, keine Seele weit und breit', dachte Mechthild gerade noch, als sie Schritte wahrnahm, die abrupt verhallten. ‚Nanu, doch noch jemand, der um diese Zeit unterwegs ist', wobei sie aus den Augenwinkeln heraus eine männliche Gestalt erblickte, die ihr keineswegs bekannt war.

‚Ob der nach Neumünster will? Um einen Soldaten dürfte es sich kaum handeln, die haben längst Zapfenstreich', so ihre weitere Überlegung.

Der Mann kam näher. Blieb abermals stehen und seine Blicke glitten auf und nieder, ihren Körper musternd.

‚Gott sei Dank, der Bus kommt.' Erleichtert trat Mechthild drei Schritte vor, um so schnell wie möglich sich dieser anmaßenden Musterung entziehen zu können.

„Moin, schönes Fräulein..., wieder fleißig gewesen?", witzelte der Busfahrer, dem die Serviererin keine Unbekannte war. Auch er war schon des Öfteren Gast im „Störgarten", und Mechthild Stammkundin beim Busfahren.

„Kann man so sagen", entgegnete Mechthild knapp, und überlegte kurz, dem Busfahrer ihre Beobachtung mitzuteilen. Sie ließ es aber. Sie befürchtete, von diesem missverstanden zu werden; jemand anzugucken ist schließlich nicht verboten. Der Bus war so gut wie leer, deshalb nahm sie gleich hinter dem Busfahrer Platz. Dort fühlte sie sich sicher.

„Halt..., ich will noch mit", hörte sie den unbekannten Mann rufen, der eiligst zustieg.

Nachdem er einen Fahrschein gelöst hatte, spazierte er gemächlich an ihrem Sitz vorbei, um sie erneut gründlich zu taxieren. Mechthild drehte ihr hübsches Gesicht zum Fenster, um sich seiner verletzenden Art – sie anzusehen – zu entziehen.

‚Ist gleich vorbei', tröstete sich Mechthild, um dem Schauer, der ihr trotz der milden Temperaturen eiskalt über den Rücken lief, Einhalt zu gebieten.

‚Nur noch eine Station und ich bin diesen Spinner los. Der Kerl wird nach Neumünster wollen. Dort gibt´s ein Nachtlokal, leichte Mädchen inbegriffen', sinnierte Mechthild, und schon erreichte der Bus die Haltestelle ‚Kaserne am Haart'. Von dort aus hatte Mechthild noch einen Fußweg von knapp fünf Minuten zu bewältigen.

Während sich die Kellnerin aus ihrem Sitz erhob, öffnete ihr der nette Busfahrer zum Aussteigen vorn die Einstiegtür und wünschte eine angenehme Nachtruhe. Bevor er wieder losfuhr wartete er, bis Mechthild die andere Straßenseite erreicht hatte. Zu seiner Verwunderung überquerte sie die Fahrbahn direkt vor dem Bus, und nicht, wie üblich, hinter dem Fahrzeug.

„Dem Mädel scheint heute eine Laus über die Leber gelaufen zu sein, anders kann ich mir ihr merkwürdiges Verhalten kaum erklären", murmelte der Fahrer hörbar vor sich hin, und sah seinem wohlverdienten Feierabend entgegen.

Für Mechthild jedoch sollte es noch keine Entspannung geben. Was sie nicht für möglich hielt, bestätigte sich dennoch. Als sie nach ein paar Metern in die Frankenstraße einbog, hörte sie hinter sich Schritte, die ihr bekannt vorkamen. Spontan versuchte sie, schneller voran zu kommen, bemerkte aber auch, dass ihr Verfolger Gleiches tat.

‚Was hat dieser Kerl vor? Was will der von mir? Schreien, ja schreien ist immer gut', schoss es der jungen Frau durch den Kopf, die eigentlich nie ängstlich war.

‚Noch mehr Schritte?' Mutig drehte sich Mechthild daraufhin um. Was sie sah, konnte sie kaum glauben. Ihr Schutzengel kam wie gerufen. Ein Wachposten, mit Gewehr über, tauchte auf dem Kasernengelände auf, und begann seine Runden, entlang des Zaunes, der den Kasernenbereich

vom Bürgersteig trennt, zu drehen. Solange der Soldat seinen Dienst pflichtbewusst ableistete, würde der Fremde Mechthild kaum zu nahetreten können. Darauf verließ sich die Frau dennoch nicht. Sie wurde schneller und schneller. Bog in die Störstraße ein: Ihr Zuhause, in greifbarer Nähe! Querbeet steuerte sie auf das letzte Haus zu, das direkt an einer Gartenkolonie liegt. Ihrem Verfolger gegenüber hatte sie dadurch ihren Vorsprung vergrößern können. Also rein ins Haus! Zum Glück war die Haustür nicht verschlossen. – War jedoch für alle Blocks, in dieser Straße, Vorschrift. Mechthild vermied es Licht anzumachen. Weder im Hausflur, noch in ihrer Wohnung, die sie pustend betrat. Der Kerl sollte nicht sehen können wo sie wohnte, denn Gefahr war nach wie vor gegeben! Beim Abschließen der Wohnungstür machte sich ein leichtes Zittern ihrer Hände bemerkbar. Sie fing an zu frösteln, und das mitten im Sommer. Trotzdem schlich Mechthild zum Küchenfenster und wagte einen Blick nach draußen. Nichts zu sehen. Doch da..., war da nicht eine Bewegung, auf dem Anwohnerparkplatz, hinter einem Auto?
Und richtig: Geduckt, aus der Hocke kommend, eine Gestalt. In ihr machte Mechthild den Burschen aus, der sie mit Blicken durchdrungen hatte, die nichts Gutes ahnen ließen. Der Kerl drehte bei, warf nochmals einen Blick auf das Wohnhaus, in dem damals ausschließlich Soldatenfamilien wohnten.
Ein tiefer Seufzer. Das Frösteln wurde weniger. Langsam besann sich Mechthild. Müdigkeit stellte sich ein. Die junge Frau zog es vor, für den Rest dieser Nacht das Sofa zu nutzen; besser ist besser! Sie wusste: Sie stand allein da auf weiter Flur. Ihr Mann weilte fernab der Heimat. Er nahm an einem Unteroffizierslehrgang in Bayern teil. Auch die anderen Frauen in diesem Block waren Strohwitwen, und Telefon gab´s im ganzen Haus nicht. Die nächste Telefonzelle lag im Haart, direkt an der Haltestelle, an der

sie aussteigen musste. So ließ Mechthild den Vorfall auf sich beruhen, erzählte aber ihrem Chef von dieser seltsamen Begegnung. Vorsichtshalber wurde dafür gesorgt, dass Mechthild eine Zeit lang mit einem Taxi zumindest in den Nachtstunden, nach Hause geschickt wurde – und das war gut so! Schließlich war nicht auszumachen, woher der mysteriöse Fremdling damals kam, und er es nicht erneut versuchen würde, Mechthild heimlich aufzulauern, um sie in Angst und Schrecken zu versetzen.

Begegnung in der Natur

Das Frühjahr zeigt sich von seiner schönsten Seite. Der blaue Himmel spiegelt sich dank der Sonnenstrahlen im nahegelegenen Teich des Bauernhofes „Heimischer Ackerbau und Viehzucht" – ökologisch kontrolliert – wider. Die Seerosen stehen kurz vor der Blüte. Sie beherbergen Insekten aller Art und sind somit ein Eldorado für Frösche. Sich der Entspannung hingebend macht sich dieses herrliche Wetter ein kleiner Frosch zunutze. Voller Vorfreude, eine üppige Mahlzeit einnehmen zu können, schwimmt der Hüpfer zu einer der Seerosen, erklimmt diese und nimmt darauf Platz. Bevor er jedoch mit Hilfe seiner klebrigen Zunge zulangt, lokalisiert er die Umgebung. Das macht er immer so, sonst kann er nicht in Ruhe züngeln. Es könnten ja eventuell irgendwelche Feinde auf ihn lauern.

Und richtig: Etwas weiter weg, hinten, auf der in vollem Saft stehenden Wiese, lässt sich ein Storch nieder. Meister Adebar stolziert klappernd auf und ab, den Tümpel anvisierend, wobei sein Augenmerk dem Frosch gilt.

Dem Laubfrosch scheint der Appetit gründlich vergangen zu sein. Das Geklapper geht ihm durch Mark und Bein. Seine Kulleraugen blicken ängstlich und leer; er fragt sich: „Will sich dieses klappernde Ungeheuer etwa an mir laben?"

Alles spricht dafür: Adebar scheint ebenfalls hungrig zu sein. Die mächtigen Flügel schwingend in Bewegung setzend, hebt er ab zum Flug in Richtung Teich!

‚Oh Schreck... Nun aber nichts wie weg!'

Mutig springt der Frosch in den Teich; fleht in seiner Not: ‚Hoffentlich ist das Wasser nicht zu seicht, sonst sieht mich der Angreifer doch gleich.'

Klapp, klapp, klapp...

Plumps, ein ohrenbetäubender Knall. Wasser spritzt hoch, überall!

Adebar schnappt daneben, erwischt nur einen Stein.

‚Aua, das tat weh!'

Der Frosch scheint zunächst gerettet zu sein. Irgendwie gemein! Schadenfroh glotzt er dem gefiederten Feind hinterher. Von dessen langem roten Schnabel blättert ein wenig Farbe ab. Nichts mehr mit, ‚klapp, klapp, klapp'!

Der Storch bekommt seinen Schnabel kaum noch zu. Tut sich schwer mit der Verletzung. Passé die Eleganz beim Schreiten! Humpelnd zieht er von dannen. Dabei denkt er darüber nach, künftig nur noch Fische, statt Frösche, zu fangen. Vorerst ist ihm jedoch sein Verlangen auf Nahrung vergangen. Sein Bedürfnis: Absolute Ruhe! Sich von der Sonne bescheinen lassen, um neue Kräfte zu mobilisieren. Denn irgendwann steht heute doch noch die Futtersuche für ihn an, damit er kraftvoll sein Nest gegen Eindringlinge verteidigen kann.

Diese Sorge scheint der kleine Hüpfer momentan nicht zu haben. Genüsslich ist er dabei sich zu laben. Frisst sich voll: mit Fliegen, Würmern und Maden. Zu viel von dem Getier dürfte seinem Magen gleichwohl schaden. – Aus diesem Grunde entschließt er sich erst einmal fürs Baden. Zappelnd schwimmt er seine Runden. Schaut sich um und stellt beruhigt fest: ‚Der Storch pflegt seine Wunden'.

Der Pfennigfuchser

Der Flohmarkt übt eine unbeschreibliche Faszination auf die Menschheit aus. So ein Markt ist in seiner Art einzigartig. Nicht zu verwechseln mit einem Antikmarkt. Zwischen diesen beiden Märkten liegen Welten. Antikmärkte sind, wie der Name es bereits verrät, überwiegend mit Antiquitäten bestückt. Dinge, die in der Regel alt und kostbar sind. Liebhaber, mit genügend Kohle in der Brieftasche, bevorzugen diesen Markt. Sie leben in der Hoffnung, einmal im Leben ein ungewöhnlich wertvolles Stück zu ergattern. Diese Sammler halten nach dem Besonderen Ausschau. Mag sein, dass sie finden, wonach sie suchen, doch einen skurrilen Händler, wie Rudi, werden sie kaum zu Gesicht bekommen. Deshalb ist dieser Markt, mit dem Flohmarkt, in keinster Weise vergleichbar.
Ein Trödelmarkt lebt durch seine bunte Vielfalt!
Menschen, die sich dem Geschäft mit Altwaren verschrieben haben, kommen davon nicht mehr los. Einer von ihnen ist das Original „Rudi Pfennigfuchser." Seinen Spitznamen verdankt er noch der guten alten Zeit der „D-Mark." Viele Menschen bekommen heute noch feuchte Augen, wenn sie an diese Zeit zurückdenken. Sie würden den Euro liebend gern wieder eintauschen. Rudi ist inzwischen alt, krank und gebrechlich. Das hält ihn aber nicht davon ab, wann immer es geht, den Markt durch seine Wenigkeit zum wahren Erlebnis werden zu lassen. Rudi, sein richtiger Name ist eigentlich Rudolf Schatzschneider, ist schon seit jeher mit dem Handel auf der Straße vertraut. Er verkörpert das, was man einen Spätzünder nennt. Er hat nie etwas richtig auf die Beine gestellt bekommen, geschweige sich eines ausgerissen. Sich rumzutreiben war ihm lieber als in der Schule zu pauken. Bereut hat er diese Tatsache bis heute nicht. Im Gegenteil, er ist stolz auf sich, denn er

142

hat, ohne kriminell zu werden, stets allein für sich sorgen können. Das soll ihm erst einmal einer in vergleichbarer Situation nachmachen!

Etwas abgemagert sitzt er auf einem Hochstuhl. Bei diesem ungewöhnlichen Sitzmöbel könnte es sich um eine Art Barhocker handeln. Durch einen schwarzen Zylinder, den er auf seinem greisen Haupt trägt, könnte man meinen, Rudi sei ein Zweimetermensch. Dabei misst er gerade einmal einen Meter und fünfundsiebzig Zentimeter. Rudolf meint, groß genug, um nicht übersehen zu werden. Womit er recht hat!

Es herrscht ideales Flohmarktwetter, dadurch bedingt auch reichlich Trubel. Leider muss man sagen, ist es nicht immer so. Kälte, Sturm und Regen wirken sich schon negativ auf das bunte Treiben aus. Doch die Hartgesottenen, zu denen auch Rudi gehört, lassen sich vom Wetter kaum beeinflussen. Sie stehen ihren Mann und sind sogar der Meinung, dass gerade bei schlechtem Wetter besonders gut verdient wird. An solchen Tagen gibt es weniger Marktbeschicker, somit ist die Konkurrenz nicht allzu groß. Deshalb bleibt auch beim Einzelnen mehr Kohle hängen.

Zurück zum Pfennigfuchser Rudi. Bei ihm steht ein abgrundtief hässliches Kaffeegeschirr auf dem Tisch. Mit markigen Aussprüchen versucht er es an den Mann zu bringen.

„Kommen Sie, meine Damen und Herren, laufen sie nicht vorbei. Sehen Sie sich dieses edle Service an, es gehörte meiner Frau Großmutter, Gott hab sie selig. Es ist eine einmalige Gelegenheit. Greifen Sie zu. Alles zusammen bekommen Sie für fünf Euro. Ja, Sie haben richtig gehört..., nur lausige fünf Piepen. Diese Chance bekommen Sie so schnell kein zweites Mal geboten. Zückt eure Geldbörsen,

Leute. Wer mir als Erster einen Heiermann in die Kralle drückt, der ist Besitzer des edlen Porzellans."

Ein hutzliges Kerlchen versucht darauf hinweisen, dass die gute alte Mark längst ausgedient hat, woraufhin Rudi diesen anranzt: „Selbstverständlich meine ich einen flattrigen Fünfeuroschein, Meister, was denn sonst? Meinst du taube Nuss etwa, ich lebe noch in der Steinzeit? Nicht zu fassen!"

„Ich mein ja nur, Opa. Hätt ja sein können, dass du länger im Koma gelegen hast, so abgemagert wie du aussiehst."

„Solltest du Arsch nicht augenblicklich verschwinden, liegst du gleich in der Kiste, du Arschgeweih, denn so siehst du aus!"

Dem Hutzelmännchen ist die Wortklauberei zu blöd, beleidigt verlässt er den Stand.

Rudi, so scheint es, ist noch ein Stückchen größer geworden, siegesbewusst preist er erneut das hässliche Service an.

„Gib nur nicht so an, Rudi, wenn ich mir darin Kaffee einschenken würde, wird die Milch schon sauer, bevor sie überhaupt mit dem schwarzen Gebräu in Berührung gekommen ist. Kannst du dir vorstellen aus so einer hässlichen Tasse zu trinken?"

Allein dieser Zuruf lässt die Umstehenden aufhorchen.

„Was soll das Kaffeeservice kosten?"

Rudi erkennt wahres Interesse und er erhöht den zuerst genannten Preis.

„Für Sie, meine Dame, mache ich einen Sonderpreis, nur acht Euro und es gehört Ihnen. Acht Euro, das ist doch geradezu geschenkt."

„So viel Geld bekomme ich leider nicht mehr zusammen, geht es nicht etwas billiger?"

„Weil Gnädigste so hübsche Augen haben, sagen wir mal fünf Euro..., einverstanden? Für diesen Spottpreis müssen

Sie sich das gute Porzellan allerdingst allein verpacken, ich gebe Ihnen dafür auch genügend Zeitungspapier, damit Sie Ihr Kleinod heil nach Hause bekommen."

„Abgemacht, Pfennigfuchser, ist gebongt, her mit Papier! Verpacken ist kein Thema für mich, darin bin ich geübt, da ich vor Kurzem umgezogen bin."

Eine abgegriffene Fünfeuronote wechselt den Besitzer. Das Schlitzohr Rudi grient insgeheim. So ist er das hässliche Gelumpe elegant los geworden, womit er eigentlich nicht so schnell gerechnet hat.

Noch während die Frau am Verpacken ist, läuft der nächste Deal ab. Ein gut gekleideter Herr spricht Rudolf an:

„He, Meister, was kostet dein Zylinder?"

„Der, mein Herr, ist unverkäuflich!"

„Wieso?"

„Weil das mein Markenzeichen ist. Von dem guten Stück trenne ich mich nicht. Den trage ich bereits seit ich Handel betreibe, und das tue ich seit frühster Jugend, da haben der Herr noch die Windeln vollgeschissen."

„Eigentlich schade, ich hätte diese originelle Kopfbedeckung gut brauchen können. Das ist doch ein echter Klappzylinder..., oder?"

„Selbstverständlich, der Herr. Ich trage nichts Unechtes, soweit kommt es noch. Hier..., sehen Sie selbst." Rudi reißt sein kariöses Maul bis zum Anschlag auf und zeigt mit seinem Finger auf den einzigen Goldzahn, der sich zwischen all den Ruinen glänzend hervorhebt.

„Gaff nicht so, du Blödmann", ranzt er seinen Nachbarn am Nebenstand an. „So etwas kannst du dir überhaupt nicht leisten, Otto!"

„He, Langer, ich will nicht deinen Goldzahn, sondern deinen Zylinder."

„Wenn es wirklich so ist, bester Mann, dann können Sie meinen über alles geliebten Hut für eine Zeit lang mieten. Bedingung allerdingst ist: Es müssen reichlich Mäuse rüberwachsen, sonst läuft nichts. Außerdem bestehe ich darauf, dass die Leihgabe mittels Vertrag schriftlich festgehalten wird, damit du Neureicher mich nicht übers Ohr haust."

„Abgemacht, Pfennigfuchser, ich bin nach Feierabend wieder da und hole dich ab. Wenn du deinen Stand abgebaut hast, lade ich dich in dem Imbiss „Immer Hungrig", zum Essen ein. Dort gibt es die beste Currywurst weit und breit. Ich sage dir, das ist ein Lümmel! Dir werden, wenn du seiner ansichtig wirst, die Augen aus dem Kopf fallen."

„Aha, du möchtest damit wohl erreichen, dass ich den Vertrag nicht richtig lese; doch da hast du dich geschnitten, Alter. Ich kenne den Inhaber vom Imbiss sehr gut. Der Mensch heißt Alois Wustmann. Der wird Zeuge sein, wenn ich die als gutbefundene Vereinbarung im Gegenzug mit dir unterzeichne. Sollte es dem Herrn Künstler allerdingst nicht recht sein, so kann er das Ganze gleich knicken. Dann hat dieses Gespräch nie stattgefunden!"

„Aber nicht doch, lieber Rudolf", sülzt der Fremde.

„Das geht in Ordnung. Du wirst genügend Kohle erhalten. Versprochen. Schließlich agiere ich als Zauberkünstler, und nicht als Halsabschneider!"

So verlief ein nahezu einmaliger Deal zu Gunsten des Trödlers. Der Vertrag beinhaltete, dass Rudolf bis auf Widerruf seinerseits, drei Euro Leihgebühr pro Tag erhält. Ein faires Angebot seitens des Künstlers.

Rudi, das Schlitzohr wollte auf seine originelle Kopfbedeckung jedoch nicht ganz verzichten. Wie sähe er sonst auch aus? So besorgte er sich, in einem „Eineuroladen", einen Pappzylinder. Keiner wird bemerken, dass es sich hierbei um eine Attrappe handelt. Seine Kundschaft hat somit weiterhin die Möglichkeit, auf Anhieb auszumachen, wo der Pfennigfuchser gerade residiert, das scheint Schatzschneider wichtig zu sein. Allerdingst hat der Gute ab sofort ein Problem: Bei Regen muss er aufpassen, ansonsten fällt sein Täuschungsmanöver auf.

Hassliebe

Ich habe ihn nie gewollt. Doch kam ich nicht umhin, ihn kennenzulernen. Voller Power griff er in mein Leben ein. Ich konnte mich seiner nicht erwehren. Musste ihn erhören. Mit ihm einen Kompromiss schließen.
So sehr ich mich auch sperrte, es ging nicht anders! Trotzdem wollte ich ‚Ich' bleiben. Abhängigkeit liegt mir nicht. Erst recht nicht jemandem gegenüber hörig zu sein! Dennoch musste ich mich eines Besseren belehren lassen. Ohne ihn läuft nichts mehr. Er ist nicht schön, und strahlt auch nicht das ‚gewisse Etwas' aus. Er fesselt mich in keinster Weise, trotz allem lernte ich ihn kennen.
Welch Elend?
Entweder folge ich seinen Anweisungen, ansonsten macht er was er will!
Er zickt rum, sperrt sich mir gegenüber, vermehrt macht er mir das Leben schwer. Kompromisse: Fehlanzeige!
Es wird sie niemals zwischen uns geben. Entweder tue ich das was er für richtig hält, oder ich verfehle gnadenlos mein angestrebtes Ziel. Ohne ihn erreichte ich dagegen früher nahezu alles. Obgleich, Jammern allein hilft nichts. Er lässt mich einfach im Regen stehen, sofern ich seine Anweisungen nicht genauestens befolge.
Mich von ihm zu trennen, hilft mir wenig. Mit ihm verhandelt zu sein bedeutet Zweckmäßigkeit. Lieber tobe ich und beschimpfe ihn zuweilen.
Einfach dazugehören, das ist es, um was es für mich dabei geht. Deshalb gab ich schweren Herzens meine Unabhängigkeit auf.
Was mir jedoch nach wie vor Unbehagen einflößt: ‚Wie wird es weitergehen?

Verblödet mein Gehirn gar auf Dauer, sofern ich mich dazu entschließen würde, meinem Computer ade zu sagen, und dem Digitalen die Stirn böte?'

Ich habe mir vorgenommen, meinen Rechner, zur gegebenen Zeit, diesbezüglich zu befragen.

Christel Otto

Der hilfsbereite Bekannte

Ich war aufgebracht, ach was, das war noch gelinde ausgedrückt, wütend würde meinen Zustand wohl eher beschreiben. Aber von Anfang an: Was war passiert? Warum war ich derart aus der Fassung? Ich musste sekundenlang innehalten, um einen klaren Gedanken zu fassen. Alles hatte mit meiner renovierungsbedürftigen Essdiele begonnen. Während eines Kegelabends erwähnte ich beiläufig, was bei mir so als Nächstes geplant war. Kaum hatte ich mein Vorhaben ausgesprochen, bekam ich von einem Kegelbruder ein unerwartetes Hilfsangebot. Er würde mir, gegen ein geringes Entgelt, den Raum tapezieren. Gerne nahm ich sein nettes Angebot an. Wir kannten uns schon, da gingen unsere Kinder noch gemeinsam in den Kindergarten und heute waren die Kinder schon Erwachsene. Und wie es sich so fügte, kegelten wir auch schon einige Jahre zusammen. Also, was hinderte mich daran, seinen wohlwollenden Vorschlag anzunehmen.

Die Hälfte des Zimmers war fast fertig, da eröffnete mir der `hilfsbereite` Kegelbruder, dass er ab sofort erstmal für einige Wochen ausfiele, weil er in die Augenklinik müsse. Es wäre ratsam, wenn ich mich nach Ersatz für ihn umsähe. Kaum hatte er den Satz ausgesprochen, verließ er mich, ungeachtet eines Kommentares von meiner Seite. Wie ich diesen Nachmittag überstanden habe, weiß ich im nachhinein nicht mehr. Jedoch, war mir klar, den Termin für die Augenklinik, den hatte er doch schon länger. Fazit: Er hätte doch die Tage vorher schon etwas mehr ,Ranklotzen' können und das Zimmer wäre fertig gewesen. Für mich fügte sich letztlich noch alles zum Guten, indem ich eine kleine, verlässliche Malerfirma fand, die bereit war, die angefangene Tapeziererei zu Ende zu bringen.

Inzwischen habe ich, mit dieser Firma noch einige Zimmer renovieren lassen. Preis und Leistung stimmten, was will ich mehr?

Der Bekannte kegelt inzwischen nicht mehr mit, und wenn wir uns zufällig begegnen, dann beschränkt sich die Begrüßung auf ein kurzes Kopfnicken.

Christel Otto

Die Jugendliebe

Beate war achtzehn Jahre alt, als sie ihren Rolf, fünf Jahre älter, ihre erste große Liebe, während einer Tanzveranstaltung kennenlernte. Von diesem Tag an waren sie unzertrennlich. Sobald sie es einrichten konnten, verbrachten sie jede freie Minute zusammen.

Beide wohnten noch zuhause, wobei Rolf von Berufs wegen her, doch sehr viel unterwegs war. Aber das tat der Liebe keinen Abbruch, da sie viele kleine Reisen und auch Wochenendausflüge unternahmen.

So vergingen die Jahre! Beates Eltern sahen der Verbindung skeptisch entgegen. Sie hatten ihr Missfallen bezüglich Rolf ihrer Tochter gegenüber schon mehr als einmal mit Nachdruck geäußert. Davon wollte Beate aber nichts hören. Sie reagierte darauf ziemlich trotzig und zog sich zurück. Die Stimmung war dementsprechend schlecht, zumal Beate gar nicht wusste, was die Eltern an Rolf auszusetzen hatten.

Ausschlaggebend war wohl der Beruf von Rolf und seine häufige Abwesenheit. Ja, ein Beamter, der wäre für Beate viel besser geeignet, so meinten die Eltern, aber dieser eigenwillige Rolf, nur ein ‚Arbeiter'. Nein, also wirklich, der passte nun gar nicht zu ihrer kleinen und feinen Tochter. Der Nachbarssohn Robert, ein Beamter bei der Stadt, der wäre doch der ideale Partner für Beate, so dachten die Eltern. Die Jahre vergingen und, obwohl Beate sich sehnlichst eine Verlobung wünschte, was sie gegenüber Rolf auch öfter zum Ausdruck brachte, schwelgte sie doch in schönen Erinnerungen. Für sie war eine Reise mit Rolf nach Finnland das bisher größte Erlebnis in ihrem Leben gewesen. Die weite unendliche, unberührte Landschaft, die Rentiere an den Straßenrändern, das hatte auf Beate einen bleibenden

Eindruck hinterlassen.

Ja, und dann passierte das, was ihre Eltern ihr schon lange prophezeit hatten, Rolf verließ Beate in einer Nacht- und Nebelaktion! Er hatte ihr keinen Abschiedsbrief hinterlassen, sang- und klanglos war er aus ihrem Leben verschwunden. Niemand wusste oder wollte erzählen, wo er sich aufhielt.

Für Beate brach eine Welt zusammen. Sie, die immer zu Rolf gehalten hatte, immer für ihn da war und jetzt... wie sollte sie bloß ohne ihn weiterleben? Tausend Fragen gingen ihr durch den Kopf, warum nur warum? Sie quälten sie tagsüber und auch nachts. Tränen gab es schon lange keine mehr.

Da kam ein Angebot ihrer Firma gerade zur rechten Zeit. Sie konnte eine Arbeit in einer anderen Stadt bekommen, sogar eine kleine Wohnung wurde ihr angeboten. Das war die Gelegenheit, weg von den `gutgemeinten` Ratschlägen der Eltern und diesen mitleidsvollen Blicken. Sie konnte es nicht mehr ertragen. Es musste sich was ändern, sie musste endlich selbstständig werden.

Wenn Beate heute, Jahre später, rückblickend über ihr Leben nachdachte, dann hatte sich doch noch alles gut entwickelt. Nach einigen kurzen Freundschaften, hatte sie ihren jetzigen Mann kennen- und lieben gelernt, und sie hatten, Beates größter Wunsch hatte sich erfüllt, auch noch ein Kind bekommen.

Sogar die Eltern konnten zufrieden sein:

Ihr Schwiegersohn war ein Beamter.

Christel Otto

Ein Tag im Mai

Es war an einem dieser schönen Maitage. Der Frühling mit seinen leuchtenden Farben, Blüten und Blumen hatte Einzug gehalten. Die Natur begann wieder zu leben. Es war eine Freude, wie tagtäglich der Fortschritt der unterschiedlichen Blumen und Pflanzen festzustellen war. Und dennoch, diese wunderschöne Idylle, wurde abrupt gestört.

Es ist schon viele Jahre her, und trotzdem muss ich doch öfter an diesen Vormittag im Mai denken.

Wir, mein Mann, unsere kleine Tochter, zu dem Zeitpunkt zweieinhalb Jahre alt, und ich hatten gerade unser neues Haus bezogen, das nach längeren und mühseligen Verhandlungen nun endlich für uns bezugsfertig war. Die Freude war natürlich riesengroß.

Da kam der Anruf meiner Frauenärztin. Ich sollte umgehend in die Klinik. Sie hatte mich schon für die nächste Woche angemeldet. Ich war entsetzt! Wieso, warum? Die Fragen überschlugen sich in meinem Kopf. Ja, ich war vor einigen Tagen bei ihr zur Vorsorge gewesen, reine Routine, so dachte ich, doch nun hatte das Laborergebnis schlechte Werte angezeigt, die näher untersucht werden mussten. Eine Operation war unumgänglich, um einen bösartigen Tumor auszuschließen.

Die Tage bis zu dem Eingriff vergingen für mich viel zu langsam. Ich wollte diese Sache so schnell wie möglich hinter mich bringen. Auch sollten meine negativen Gedanken, die mich seit dem Anruf quälten, aus meinem Kopf verschwinden. Ständig umkreiste mich die Frage: Was soll nur werden, wenn die Ärzte einen bösartigen Krebs feststellen? Jetzt, gerade jetzt: Die Tochter noch so klein, das neue Haus. Die Gedanken überschlugen sich in meinem Kopf. Ich war gar nicht mehr ich selber.

Dann kam der Tag des Eingriffes und in der darauffolgenden, schmerzhaften und langen Woche, konnte ich aufatmen. Meine Sorgen hatten sich glücklicherweise in Luft aufgelöst. Der Tumor war gutartig gewesen und er wurde vollständig entfernt.

Dieses Erlebnis hat mich so geprägt, dass ich heute für jeden gesunden Tag dankbar bin.

Norbert Prätorius

Herrenabend

Wer kennt ihn nicht, den Lutterbeker? Eine kultige Dorfkneipe im gleichnamigen Dorf seit Ende der siebziger Jahre. Für unsere Clique war stets der Dienstag fest verplant: Lutterbekerabend! Das besondere Flair dieses Lokals entstand durch das entspannte Nebeneinander der Stammtischgäste aus dem Dorf, beim Skatspiel zu beobachten, den jugendlichen Gästen bei Musikveranstaltungen im Saal, langer Haare bei Männlein und Weiblein, dem Altbier aus dem Fass und dem berühmten Fladenbrot. Mats mit den langen Haaren hinter dem Tresen. Bis heute hat sich diese Atmosphäre erhalten.

Aus unserer Clique des Dienstagabends wurden im Laufe der Jahre solide Angestellte, Beamte, Mütter und Familienväter. Die Länge und die Farbe der Haarpracht zeugt deutlich davon, soweit man überhaupt noch von Pracht sprechen kann.

Die Wiederbelebung des Lutterbekerdienstagabends sollte bereits vor Jahren stattfinden. Stets wurden Telefonnummern, Emailadressen und sonstige Kontaktdaten erforscht. Vom sogenannten harten Kern Peter, Michael, Rolli und Jörg sowie meiner Person waren drei bekannt. Eine Person hatte wohl eine neue Telefonnummer, jedenfalls nahm nie jemand den Hörer ab. Eine weitere war wie vom Erdboden verschluckt. Kein Google, kein Facebook, nichts zu finden. Es sollten aber alle Cliquenmitglieder dabei sein.

So gingen zuerst Wochen, dann Monate und zuletzt Jahre ins Land. Ohne Lutterbekerdienstagabend.

Ich hatte mir unseren ersten Wiederbelebungsabend so vorgestellt: Fünf ältere Herren um die sechzig Jahre alt erkennen sich wieder, setzen sich an einen Tisch, bestellen jeder ein Fladenbrot und ein Altbier. Jeder erzählt ein wenig von den vergangenen Jahren und kurz über lang kommen die alten Jugendsünden und Anekdoten auf den Tisch. Um zweiundzwanzig Uhr verabschiedet man sich, schließlich ist morgen ja Dienst im Amt, in der Firma oder sonst wo. Natürlich auch verbunden mit dem Hinweis „in sechs Monaten wiederholen wir das." Wieder im Lutterbeker, wieder Fladenbrot und natürlich einem oder zwei Altbier.

Tatsächlich geschah Folgendes: Mein Telefon klingelte. Im Display erkannte ich: Peter von der Gemeinde Raisdorf. Einer aus dem harten Kern. Derjenige, der als erster von uns Vater geworden war.

„Hallo Peter, hast du die Nummern von Rolli und Jörg herausgefunden?"

„Deshalb rufe ich jetzt nicht an. Du musst mir mal helfen. Wir haben das Haus in Krokau verkauft. Wir müssen uns wegen der Versicherungen unterhalten."

Weshalb das? Er hatte das Haus mit den eigenen Händen, fast ohne fremde Hilfe selbst gebaut. So etwas verkauft man doch nicht!

„Warum verkauft ihr das Haus? Oder ziehst du in ein Altenheim?" Etwas lästern ist unter Freunden aus jüngster Jugend wohl erlaubt.

„So ungefähr. Mein Doc gibt mir nur noch maximal vier Jahre und deshalb wollen wir uns von allen Verpflichtungen lossagen. Du weißt ja. So ganz gesund haben wir alle nicht gelebt. Zuviel geraucht, auch mal 'n Joint. Die tun übrigens immer noch gut. Die Lunge spielt halt nicht mehr mit! Wir ziehen wieder nach Neuheikendorf. Sozusagen ‚back to the roots'. Nur jetzt wohl mit Pudelmütze."

Innerlich muss ich sogar ein wenig lächeln. „Pudelmütze" ist und war stets der Kosename für die Nachbarn, die Laboer. Doch in Anbetracht dieser Schreckensmeldung bleiben meine Gedanken in einem

157

nebeligen Gewaber von Erinnerungen an eine gemeinsame Kindheit und Jugend stecken. Sinnvolle Gedanken und Worte wollen mir nicht gelingen.

„Norbert, bist du noch dran?" Meine Wortlosigkeit war längst spürbar.

„Ja, natürlich, ich bin aber geschockt!"

„Sieh es doch mal so: Wir durften leben! Wir sind doch immer stark gewesen, sind es doch heute noch, nur ich halt mit Pudelmütze. Noch ist doch alles im Lot. Wenn alles läuft wie geplant, machen wir nächste Woche einen Notartermin für das Haus und dann gebe ich dir Bescheid."

Der starke Peter! Nur nicht erkennen lassen, was tatsächlich in einem vorgeht.

„Na gut. Sage bitte Bescheid, wenn ich aktiv werden soll. Einverstanden?"

„Ja, so machen wir es."

Wir legen auf. Gut, dass im Büro kein Bildtelefon installiert ist. So kann ich meine feuchten Augen unbemerkt trocknen lassen. Mein Bürokollege Ulli ist durch meine nachdenkliche Stimmung aufmerksam geworden. „Was ist los?"

„Das war eben mein ältester Freund, er hat mir gerade offenbart, dass er nur noch maximal vier Jahre zu leben hat. Lungenkrebs! So eine Scheiße!"

Den Rest des Tages verbringe ich mit der noch völlig verfrühten Analyse der zu bearbeitenden Änderungen der Versicherungsverträge meines Freundes. Wohl aus der Not heraus geboren! Beschäftigungstherapie für die Seele.

„Liebe Akte, bitte gib mir das Gefühl, helfen zu können."

Am nächsten Tag krame ich gedankenverloren und in alten Erinnerungen an Neuheikendorfer Zeiten erneut in der Akte meines Freundes.

„Norbert, mach dich nicht verrückt. Vier Jahre sind eine lange Zeit. Mein Vater hat immer gesagt: Solange ich morgens auf die Toilette muss, habe ich am Abend vorher gut gespeist, also lebe ich!"

Ulli, mein Bürokollege, ist gebürtiger Dithmarscher und dieser holsteinische Volksstamm hat bekanntlich historisch belegte Eigenwilligkeiten. Seine Bemerkungen und Lebensphilosophien heitern mich tatsächlich ein wenig auf.

Zwei Monate später klingelt das Bürotelefon mit dem Hinweis auf dem Display: Peter, Gemeinde Raisdorf. Dass die Gemeinde heute eine Stadt ist und nach der Fusion mit Klausdorf jetzt Schwentinental heißt, wird bei mir genauso ignoriert, wie die Umbenennung der Kieler Ostseehalle in Sparkassenarena. Wieso können sich solche Namen eigentlich ändern?

Leider kann ich das Gespräch nicht annehmen. Ein anderer Kunde verlangt meine ganze Aufmerksamkeit. Nach Beendigung des Gespräches drücke ich die Rückruftaste nach Raisdorf.

Es meldet sich eine nette, weibliche Stimme. Dabei hatte ich doch eigentlich die Stimme Peters erwartet.

„Hallo Herr Prätorius, wir hatten Sie gerade versucht anzurufen. Die Beate, Peters Witwe wollte Ihnen mitteilen, dass ihr Freund verstorben ist. Die Todesanzeige kommt erst in zehn Tagen in die „Kieler Nachrichten", aber Sie sollten es vorab schon mal wissen."

Die Beerdigung fand in Kiel statt. Viele Freunde und Kollegen haben ihm das letzte Geleit gegeben. Wenige kannte ich.

Nach der Trauerfeier gehe ich zu meinem Auto. Wieder läuft ein Kindheitsfilm auf meiner inneren Leinwand ab. Der Ton zu diesem Film kommt jedoch von meiner Mutter:

„Bist du wieder mit Peter durch die Walachei gestromert?"

„Ja. Bis Röbsdorf über die Wiesen und durch den Wald! Wir haben heute sogar ein Rehkitz gesehen!"

Röbsdorfer Weg. Peters letzte Adresse!

Back to the roots!

159

Norbert Prätorius

Vom Teeren und Federn

„Wenn du ohnehin in Wien bist, fahrdst doch einfach mit dem Überlandbus bis Split. Das kostet weniger als der Flug und wahrscheinlich sparst noch Zeit!"
Der Yachteigner, der sein Boot jedes Jahr von Kroatien nach den Kapverdischen Inseln verlegt, dort überwintert und es im Frühjahr wieder in die Adria zurücksegelt, hat ja die entsprechenden Erfahrungen. Also werde ich seinen Rat befolgen.
Als Norddeutscher, erst das zweite Mal auf dem Mittelmeer, Tag und Nacht von Kroatien bis Palma de Mallorca zu segeln, ist schon abenteuerlich! Fremde Gewässer, fremde Winde, ein unbekanntes Boot und fremde Mitsegler mit unterschiedlicher Segelerfahrung. Dieses Abenteuer soll es sein. Also mit dem Bus von Wien nach Split.
In Wien wird die Segeltasche von einem unwirsch dreinblickenden Busfahrer in Empfang genommen und unsanft im Gepäckfach verstaut. Nun ja, wirklich empfindliche Gegenstände sind nicht vorhanden, und falls bei dieser Aktion die vollautomatische CO_2-Patrone meiner Rettungsweste auslösen würde, wäre mein Mitleid mit dem Fahrer lediglich gering gewesen, wenn der Knall ihm einen Schock versetzt hätte.
So geht die Fahrt anfänglich störungsfrei Richtung Süden. Herrliche Landschaften fliegen am Straßenrand an uns vorbei. Mein Sitznachbar, ein Kroate mit sehr guter deutscher Aussprache, jedoch mit österreichischem Akzent, erklärt mir innerhalb der ersten zwei gemeinsamen Stunden im Bus, seine beruflichen und familiären Verhältnisse und nachdem auch ich etwas über meine Beweggründe zu dieser Reise offenbart habe, fühlen wir uns wie Brüder im Geiste.

Pünktlich kommt der Bus am ersten Stopp bei Graz an. Eine gute Gelegenheit eine Zigarette zu rauchen. Auch mein neuer Freund raucht. „Passt!" Sagt der Österreicher. Nach kurzer Weiterfahrt kommen wir an die Grenze zu Slowenien. Keine nennenswerte Kontrolle, keine Durchsuchungen, alles so, wie wir es aus der Europäischen Union gewohnt sind.

Bei Maribor erneut ein Halt. An einem Rasthof wird uns Gelegenheit gegeben, die Toilette aufzusuchen, Getränke zu kaufen und sonstigen Verrichtungen nachzugehen. Nach dreißig Minuten soll die Fahrt weitergehen. Auch das funktioniert. Nach der Pause geht es weiter.

Plötzlich fängt mein Nachbar an, unruhig in seinen Hosen- und Jackentaschen, unter dem Sitz und dem Ablagelagefach zu suchen. Leichte Erregungen sind auf seinem Gesicht zu erkennen. „Was suchst du?" Ich bin nicht neugierig, aber die Aktivitäten meines Nachbarn verunsichern mich auch ein wenig.

„Ich glaube, ich habe mein Portemonnaie an der Kasse liegen gelassen!". Nach einer erneuten Durchsuchung des unmittelbaren Sitzbereiches geht mein Kroate zum Fahrer und bittet ihn, noch einmal zurückzufahren. Schließlich seien auch alle Papiere in der Börse enthalten. Mit enttäuschtem Gesichtsausdruck kommt er zu seinem Platz zurück.

„Und? Was hat er gesagt? Drehen wir um und suchen dein Portemonnaie?" „Nein! Der Fahrer sagt, er muss seine Zeiten einhalten und er kommt auch mit den Ruhezeiten nicht mehr aus, wenn er so viel Zeit verliert!"

Hinter uns sitzt ein Bär von einem Mann. Er tippt meinem Nachbarn von hinten an und möchte, dass wir noch einmal mit dem Fahrer sprechen. Er hat unser Gespräch mitverfolgt. Er schlägt vor, noch einmal zu wenden und zum Rastplatz zurückzufahren. Auch die anderen Fahrgäste sind jetzt aufmerksam geworden und verlangen lauthals mit Schimpfen und Drohungen eine Umkehr des Busses. Der Fahrer gibt nach und wendet. Wahrscheinlich hat er Angst vor einer schlechten Bewertung im Internet. Das fände sein Arbeitgeber wahrscheinlich auch nicht so toll.

Nach wenigen Minuten findet sich unser Bus wieder am Rastplatz ein. Gemeinsam wird, wie bei einer polizeilichen Hausdurchsuchung, der Verkaufsraum durchkämmt. Selbst unter den Regalen wird gesucht! Ohne Erfolg!

Beim Verlassen des Kassenbereiches, bietet der junge Mann am Verkaufstresen unserem Busfahrer einen netten Service an: „Geben Sie mir bitte die Handynummer. In einer halben Stunde ist mein Chef da, der kann Ihnen dann den Film der Überwachungskamera zusenden. Vielleicht hilft es ja."

Die Fahrt wird fortgesetzt. Nach einigen Minuten meldet sich die Tankstelle am Telefon. „Wir senden Ihnen gleich den Videofilm. Wir haben ihn aber schon einmal ausgewertet. Die Börse ist von einer rothaarigen Frau entwendet worden. Eine zweite Kamera hat auch festgehalten, wo sie sich gerade befindet: In Ihrem Bus!"

Alle Augen auf die einzige Rothaarige in unserem Bus! Das Handy mit dem Video geht reihum durch den Bus. Die Rothaarige versinkt in ihrem Sitz. Ungläubige Gesichter scheinen sie alleine durch Blicke töten zu wollen. Von ihr selbst kommt keine Reaktion. Aber alle Mitreisenden wollen gemeinsam einen eventuellen Fluchtversuch am nächsten Halt vereiteln. Dies ist an der Spannung im Bus deutlich, fast körperlich, zu spüren.

Wie es alter Brauch war: ‚Teeren und Federn' und durchs Dorf oder über das Schiff treiben! Das wäre eine gerechte Strafe! So geht es mir durch den Kopf.

Erst zwei Minuten vor der Grenze zu Kroatien erhält mein Sitznachbar von der Rothaarigen seine Börse zurück mit den Worten: „Das war ein Missverständnis! Bitte zeigen Sie mich nicht an. Bitte!"

Nach einer Stunde kann mein netter Kroate wieder zu alter Gesprächigkeit zurückfinden. Ich erläutere ihm meine Gedanken zur Ahndung einer derartigen Tat und erkläre das Teeren und Federn im Mittelalter!

Seine Worte, aus denen immer noch große Erleichterung herauszuhören ist: „Ja, früher war nicht alles schlecht!"

Norbert Prätorius

Zwei Mal im Leben

Mein beruflicher Werdegang war von meinem Vater vorgegeben. Nach dem Abitur sollte ich eine Banklehre machen, wenn möglich bei einer großen Bank, einem Institut, das weltweit tätig sein sollte. Von diesen Banken gab es in Kiel und Hamburg einige. Bei den Bewerbungen wollte er mich unterstützen. Seine Beziehungen als Rechtsanwalt mit dem Fachgebiet Wirtschaftsrecht würden wohl reichen, mir trotz einer durchschnittlichen Abschlussnote, die entsprechenden Türen zu öffnen. Eigentlich war ich ja sogar sehr froh, dass er nicht den juristischen Werdegang als Anwalt für mich vorgesehen hatte. Als Jurist konnte sich aber selbst mein Erzeuger das Produkt seiner Erziehung nicht vorstellen. Somit sollte es eine Banklehre werden.

„Das passt immer", so die Worte des alten Herren. „Da kannst du deine Faulheit ausleben, ohne dass es jemand merkt!" Oder: „In irgendeiner Abteilung haben die selbst für Leute wie dich eine Verwendung!" Ich hasste sie, diese Erniedrigungen. Meine Mutter schwieg zu seinen Tiraden. Wahrscheinlich hatte sie es längst aufgegeben, das Weltbild ihres Gatten zu verändern. Sie befand sich stets in einem inneren Konflikt. Der Liebe zu ihrem Gatten und der Liebe zu mir, ihrem gemeinsamen und einzigen Sohn. Auch waren in den Augen des Vaters die Gene nicht gut verteilt. „Unser Sohn hat viel zu viel von deinem Erbgut abbekommen, wie kann es angehen, dass ein Berger mit solch einer Antriebslosigkeit durchs Leben geht? Stets die rosarote Brille auf! Aber der Vater wird's schon richten!"
Dabei hatte ich gar nicht erwartet, dass der alte Herr etwas für mich richten sollte. Meine Interessen lagen einfach auf gänzlich anderen Gebieten. Musik, Kunst, Biologie und Psychologie. In meinem Denken konnte es kein Fehler sein,

sich um das Miteinander der Menschen, der Tiere und fremden Kulturen zu kümmern. Somit war es auch nicht überraschend, dass nach bestandenem Abitur, die Notenvergabe mit den Worten „Musik und Verhalten gut, ansonsten miserabel!" vom alten Herren kommentiert wurden.

Meine Anstrengungen, das Abi zu schaffen, obwohl meine mathematischen Fähigkeiten dies eigentlich gar nicht zuließen, wurden mit keinem Wort gewürdigt. Trotz diverser anderer, ich gebe es zu, häufig freizeittechnisch sehr interessanter Dinge wie Treffen mit jungen Damen, gemeinsamen Konzertbesuchen mit Freunden und ausschweifenden Wochenendaktivitäten, war ich doch von einem persönlichen Ehrgeiz getrieben, die Prüfungen ordentlich abzuschließen.

So erhielt ich 1975 einen Ausbildungsplatz bei einer großen Kieler Bank. Vater hatte es gerichtet. Bereits nach wenigen Wochen war mir klar, dass dieser Beruf nicht für immer sein sollte. Die erste Abmahnung erhielt ich, als ich nach einigen ausgefallenen Berufsschulstunden den Feierabend einläutete, statt in die Bank zu fahren, wie es meine Kollegen getan hatten.

Im zweiten Ausbildungsjahr stand die EDV-Abteilung im Programm. EDV-Datenbänder auf die Lesemaschinen legen und auswechseln, wenn das vorherige Band gelesen war. Die Reihenfolge der Bänder musste strikt eingehalten werden. Die Daten auf den Bändern verursachten Buchungen auf den Kundenkonten, Abrufe, Gutschriften und interne Vorgänge. Aus mir nicht nachvollziehbaren Gründen muss ich wohl Band Nr.2 nach Band Nr.3 erneut eingelesen haben. Somit wurden tausende Buchungen doppelt vorgenommen. Die Aufregung in der Bank war immens! Ebenso wie die Reaktion der Personalreferentin, Frau Fuhrmann. Es folgte Abmahnung Nr. zwei!

Als es mir aus ebenfalls unerklärlichen Gründen gelang,

zum Versand an die Kunden vorgesehene Schreiben falsch zu frankieren, die Maschine war wirklich nicht einfach zu handhaben, und der Protest der Kunden wegen Nachportokosten den Betrieb fast zum Stillstand brachte, war Abmahnung Nr.3 fällig. Diesmal mit einem persönlichen Gespräch mit Frau Fuhrmann. Den Verlauf dieses Gespräches kann ich nicht genau wiedergeben. Zu aufgebracht waren meine Gedanken.

„Keine Chance auf Ende der Ausbildung in unserem Betrieb. Keine Möglichkeit bei meinen Leistungen auf Festanstellung nach der Ausbildung. Der Vater wird es auch nicht mehr richten können. Er ist ja selbst mittlerweile kein guter Kunde mehr!"

Frau Fuhrmann ließ sich nicht erweichen. Ich hasste sie! So kam es, dass ich meinen Schreibtisch ausräumte und nach Hause fuhr. Als der alte Herr von den Ereignissen des Tages erfuhr, zeigte er mir mit seinem Schweigen, was er von seinem Sohnemann hielt.

Nach diesem missglückten Einstieg in das Berufsleben bot sich nach kurzer Zeit die Gelegenheit, die nächsten Jahre als Zeitsoldat bei der Bundeswehr zu nutzen, um dem alten Herren zu entfliehen. Unteroffiziersanwärter im Sanitätsdienst. Das sollte meine neue Berufung werden. Sie wurde es auch. Mit Freude und Elan durchlief ich die verschiedenen Ausbildungsstufen, vorrangig im Bundeswehrkrankenhaus Hamburg-Wandsbek.

Ein Wochenende Sommer 1979.

Mit meinem Kumpel Dorsch aus Braunschweig fahre ich spät in der Nacht von Schönberg Richtung Kiel. Wir wollen nach unserer Disconacht im „Schoopstall" nach Hamburg zum Fischmarkt. Dieses Wochenende wollen wir es richtig krachen lassen. Hinter Brodersdorf überholt uns ein Alfa Romeo Spider.

„Bei den vielen Wildschweinen und Hirschen auf dieser Strecke würde ich an seiner Stelle etwas Gas wegnehmen.

Hier ist fast wöchentlich ein Wildunfall!" Ich hatte diese Worte noch gar nicht zu Ende gesprochen, da leuchten vor mir die Bremslichter des Sportwagens auf. Ein Schatten fliegt in weitem Bogen quer über die Straße und die roten Bremslichter drifteten nach rechts. Ich bremste abrupt und kann so verhindern, auf den Sportwagen aufzufahren, dieser jedoch prallt rechts gegen einen Baum. Aus dem Motorraum quillt heißer Dampf.

Ich komme mit meinem BMW hinter dem Alfa zum Stehen und schalte die Warnblinklichter an. Dorsch und ich eilen zum Alfa Romeo und sehen, dass es sich um eine Frau mittleren Alters hinter dem Lenkrad handelt.

„Dorschi, in meinem Kofferraum liegt eine Decke. Die legen wir rechts ins Gras." Die Dame regt sich nicht. Ich fühle den Puls. Kein Puls! Atmung? Nicht spürbar! Wir legen die Fahrerin auf die Decke. Aus einer klaffenden Wunde an der Stirn fließt etwas Blut. Dank der Scheinwerfer meines Autos kann ich aber auch erkennen, dass etwas Blut aus der Nase und auch etwas Blut am Ohr erkennbar ist. Könnte Schädelbasisbruch sein. Immer noch kein Puls!

„Dorschi, fahr mal schnell nach Neuheikendorf und klingle jemanden raus. Die sollen einen Rettungsdienst anrufen. Unser Standort ist hinter Ortsausgang Neuheikendorf Richtung Brodersdorf." Er kommt ja aus Braunschweig und ist nur bei mir zu Besuch. Daher ist diese Einweisung notwendig. Er startet meinen BMW und braust los. Ich indessen kümmere mich um die Dame. Im aufkommenden Morgenlicht erkenne ich plötzlich meine Patientin. Frau Fuhrmann!

Immer noch kein Puls! Atmung? Nicht spürbar. Ich denke nach und gleichzeitig öffne ich die Bluse. Ich sollte mit einer Herzmassage beginnen. Vielleicht hat sie ja noch eine Chance. Ich sollte. Hat sie es verdient? „Keine Chance für Sie in unserer Bank!" Diese Worte dringen immer wieder in mein Bewusstsein. Hat sie es verdient? Wenn ich jetzt nichts mache, hat sie einfach nur Pech gehabt. Ich beginne mit der Herzmassage und ab und zu einer Beatmung. Wenn die blöde Kuh wüsste, wer hier versucht sie zurück ins Leben zu holen. Nach dem zweiten Herzdruckintervall bricht die erste Rippe mit einem dumpfen Geräusch. Damit muss sie leben die blöde Kuh! Unser Hauptmann ist sogar der Meinung, dass die Herzmassage mit gebrochenen Rippen wesentlich effektiver sei. Heilt ja auch wieder.

Will ich sie wirklich retten? Hat sie es verdient? Bin ich Gott?

Ja. Jetzt und hier bin ich für die blöde Kuh der liebe Gott. Ist ein Gott immer lieb? Auch in der Bibel wird gemetzelt. Das Alte Testament liest sich teilweise wie ein Horrorkrimi. Muss ich jetzt ein lieber Gott sein?

Ich mache weiter. Beatmen und pressen. Schon wieder ist eine Rippe gebrochen. Auch die wird heilen. Wenn ich erfolgreich sein sollte. Wenn nicht? Dann eben nicht.

Gerade will ich meine Bemühungen einstellen. Ich habe ja alles versucht. Immer noch kein Puls. Ist ja verboten, aufzuhören solange noch Chancen bestehen. Hat sie es verdient? Ich beschließe gerade aufzuhören, da höre ich in der Ferne Sirenen. In vielleicht zwei Minuten wird der Notarzt hier sein. Also weitermachen! Mindestens so tun als ob. Ich glaube, hier sind sowieso alle Lebensgeister gewichen.

Der Notarzt stürzt aus dem Rettungswagen und löst mich ab.

„Wie lange machen Sie Wiederbelebungsversuche?"

„Keine Ahnung, es kommt mir vor wie eine Ewigkeit."

Nach einigen wenigen Minuten, ich sitze neben Dorsch in meinem BMW und betrachte die Szenerie, kommt der Arzt zu uns.

„Sie haben alles richtig gemacht. Aber die Dame hatte von

vorn herein keine Chance. Kennen Sie die Fahrerin?"
„Keine Ahnung, sie kommt mir aber irgendwie bekannt vor!"

Gudrun Schultz-Pohlen

An einem Donnerstagmorgen

Der Wecker klingelt.
Sie will nicht aus dem Bett.
Die Nacht im Netz war lang.
Kinder werden geweckt.
Sie wollen nicht aufstehen.
Auch ihre Nacht war lang.
Toastbrote mit Nutella werden zu Pausenbroten, wenn überhaupt.
Fett gesüßter Kakao geht auch noch mit.
Die Bauchspeicheldrüse lässt grüßen.
Wie soll sie das alles verstoffwechseln?
Müdigkeit will nicht weichen.
Zuckersüße Zerealien füllen jetzt die Bäuche.
Zähneputzen wird überbewertet und vertagt.
Geschrei oder Schweigen beim Sachensuchen und Anziehen.
Endlich fällt die Tür ins Schloss.
Ruhe!
Die fünfte Zigarette und Kaffee im Wohnzimmer genossen.
Der Fernseher läuft schon lange, der PC und das Smartphone wollen ihre Aufmerksamkeit.
Hier ein pling und dort ein blink.
Jeder will was von ihr und das macht Stress.
Mal sehen, ob die Couch noch in den Kleinanzeigen zu ersteigern ist.
Freude! Ja, ist sie.
Der Preis ist aber noch zu hoch. Also abwarten!
Wenn das Kindergeld kommt, kauft sie sich Eiweißshakes, um von den 30 Kilo
Übergewicht runterzukommen.
Und Meisterstopper.
Dann putzt sie auch wieder.

Vorher lohnen das Abnehmen und Putzen nicht.
Jetzt greift sie erneut zu Chips, Cola und der sechsten Zigarette.
Besser als nichts!
Sie schaut noch nach Klamotten für die Kleine.
Viel Gebrauchtes wird gerade nicht angeboten.
Und das, was drinsteht, ist nicht pink.
Geht gar nicht!
Während draußen die Sonne strahlt, tappt sie im Dunkeln.
An einem Donnerstagmorgen.

An einem Donnerstagmorgen
Der Wecker klingelt.
Fünf Minuten Gymnastik im Bett.
Sie schmunzelt über ihre müden Knochen und Gelenke.
Schnell aus dem Bett.
Teewasser aufsetzen und Tisch decken für die Familie.
Kinder wecken mit zarten Worten und Küssen.
Gemeinsam sitzen sie am Tisch und essen Müsli mit frischem Obst.
Das weckt die Lebensgeister.
Die Müdigkeit, die sich vielleicht noch irgendwo versteckt hatte, schwindet.
Anschließend geht's zum Zähneputzen.
Dankbar sein für Arbeit oder Fortbildung, um unabhängig vom Jobcenter zu sein.
Alle wünschen sich einen guten Tag.
Sie räumt auf, putzt, kauft ein, kocht das Mittagessen.
Ruhe!
Jetzt gönnt sie sich eine Pause.
Zehn Minuten: ein Kaffee oder Tee, ein Buch.
Atem holen und dankbar sein für den Moment.
Die Ruhe vor dem Sturm genießen, bis alle wieder zuhause sind.
Kein Smartphone zur Hand genommen und keine Mail

beantwortet.

Jetzt ist Ruhe! Stille! Atem holen!

In diesem Moment wird Energie aufgeladen.

Nach diesen kostbaren zehn Minuten bekommen die Medien ihren Raum für

eine halbe Stunde.

Schluss, auch wenn`s noch stundenlang so weitergehen könnte.

Die Türklingel läutet. Kinder kommen heim.

Schön, dass es ihnen gut geht.

Gemeinsames Essen am runden Tisch, bevor es raus geht in die Natur.

Toben, über Wiesen springen, laut sein.

Sie nimmt sich ihr Leben.

Sie will nicht tot leben. Sie will leben bis zum Tod.

Während draußen die Sonne scheint, tanzt ihr Herz mit ihren strahlenden Augen.

An einem Donnerstagmorgen.

Gudrun Schultz-Pohlen

Aufbruch

Sie geht den langen Weg, der vor ihr liegt. Kein Haus weit und breit, kein Baum, kein Strauch.
Unzählige Laternen leuchten warm die Straße aus.
Allein setzt sie Fuß vor Fuß und legt so Meter für Meter zurück.
Ohne Einsamkeit zu fühlen oder unsicher zu sein, ohne den Weg als anstrengend zu empfinden.
Keine Last, keine Schwere, ein fast schon unbekanntes Gefühl für sie.
Nichts lenkt sie ab von ihrem Ziel.
So viele Male haderte sie mit sich, traute sich den Alleingang nicht zu.
Es ist leichter, sich an Vertrautem zu halten.
Auch wenn das Kummer, Schmerz, Anstrengung, vielleicht sogar Zerstörung bedeuten kann.
Jeden Morgen die gleichen Rituale.
Obwohl sie manchmal schwerfallen, sind sie leichter in Angriff zu nehmen, als neue Wege zu gehen.
So denken viele, so dachte auch sie.
Manchmal war sie schon am Morgen müde, sei es von einer schlaflosen Nacht, weil sie Schmerzen hatte oder sich Sorgen machte.
Mittags wollte sie sich in der Vergangenheit meist die Decke über den Kopf ziehen.
Nichts sehen, nichts hören, nichts tun. Ja, vor allen Dingen nicht agieren müssen.
Zu anstrengend waren ihre täglichen Aufgaben oder ihre Last, die sie zu tragen hatte.
Wie ein Wanderer, der nach stundenlangem Aufstieg noch immer nicht die Almhütte sichtet, die Essen, Trinken und Ruhe verspricht. Der Weg zurück ist zu weit. Der Weg nach vorn mühsam. Ungewiss ist, wann das Ziel erreicht wird.

Wenn sie den Nachmittag dann doch noch wach erlebte, so verliefe der Abend bleiern bis zum Bettgang.

Tagein, tagaus, Woche für Woche, Monat für Monat, Jahr für Jahr.

Keine Energietankstelle weit und breit. Sozusagen keine Almhütte in Sicht.

Kein Entkommen der Alltagslast, der Schwere. Ein Aussteigen aus dem fahrenden Zug war ihr bislang nicht möglich.

Doch! Gerade ist es gelungen. Plötzlich fiel es ihr leicht, den Zug zu verlassen und loszugehen. Irgendetwas in ihr muss ihr ein Zeichen gegeben haben. Anders kann sie sich ihren Aufbruch nicht erklären.

Auf einmal weiß sie, welche Richtung sie einschlagen muss.

Hätte sie geahnt, wie leicht ihr nun ist und wie genau sie sich in der Fremde orientieren kann, ihr schlechter Orientierungssinn ist legendär, hätte sie vielleicht schon längst den neuen Weg eingeschlagen.

Doch alles hat eben seine Zeit. Ihre ist jetzt gekommen.

Die Ruhe und der Frieden um sie herum tragen sie fast. Es scheint, als schwebte sie.

Was kommt auf mich zu, wenn ich den Alleingang wage?

Bin ich stark genug, alles allein zu bewältigen?

Kann ich mich vor meinem Aufbruch noch irgendwie vorbereiten?

Wie wird es sein in der Fremde? Kalt? Warm?

Fragen, die sie sich vorher so oft stellte.

Jetzt sind sie unwichtig für sie, spielen überhaupt gar keine Rolle.

Aufbruch ins Neuland, während ihre Freunde an ihrem Bett ihre Atmung vermissen und weinen.

Gudrun Schultz-Pohlen

Begegnung mit dem Kind

Kinder sind Liebe und Leben
Nein, die Wahrheit ist
Dass Kinder nur anstrengend und Energie raubend sind
Ich glaube nicht
Dass sie zerbrechlich sind
Dass Kinder die Welt verändern
Dass Kinder die Zukunft der Gesellschaft sind
Es ist doch so
Dass jeder nur an sich denken soll
Es stimmt nicht
Dass ich durch Kinder mit anderen Augen sehen lerne
Dass Kinder uns Langsamkeit lehren
Ich denke
Dass mit Kindern nur Hektik und Selbstaufgabe ins Leben kehren
Ich kann unmöglich glauben
Dass Kinder Gäste dieser Erde sind, die nach dem Weg fragen
Ich denke
Dass durch das Teilen meiner Zeit mit Ihnen meine Selbstverwirklichung gebremst wird
Ich halte es für ein Gerücht
Dass Kinder mich finanziell nicht strapazieren
Dass Kinder kein Risiko für mein berufliches Fortkommen sind
Dass Geben seliger denn Nehmen ist
Dass ich durch Kinder den Weg zu mir finden kann
Dass alles, was ich in die Welt gebe, zu mir zurückkommt
Ich bin fest davon überzeugt
(Und nun den Text von unten nach oben lesen)
Nach einer Idee von Iris Macke

Gudrun Schultz-Pohlen

Demut und Tanz

Mit schweren Schritten stampfe ich durch den Raum der
Stille mit schriller Musik um mich herum.
Der Atem der Musik verbindet sich mit meinem Atem
zum magischen Tanz aus Wellenbewegungen, die
schwerelos, schäumend schweben, fast fliegen.
Den Gefühlen der Trauer gebe ich einen Tanz.
Ich tanze, bis ich mich gefunden habe.
Heute ist es ein Tanz auf dem Vulkan.
Verwurzelt mit alter Erde fühle ich die Verbundenheit zum
Ursprung, zum Sein.
Gedanken kommen und gehen rasend schnell, egal ob
gesagt, gedacht oder gebetet.
Sie bewegen etwas, sind vielleicht schon jetzt unterwegs
zu dem,
was unwirklich erscheint.
Morgen ist es vielleicht ein Feen-Tanz, verbunden mit der
Luft,
dem Wind, der Sonne.
Manchmal muss die eine oder andere Situation nochmal
durchtanzt werden,
bevor ich mich entscheide, das Eine oder Andere zu tun.
Glücklicherweise habe ich ihn, den Tanz.
Die schwierigste Zeit in meinem Leben war immer die
beste Gelegenheit,
um innere Kraft und Stärke zu entwickeln.
Rückblickend betrachtet, versteht sich.
In der jeweiligen Situation konnte ich es nicht erkennen.
Da war oft nur Kummer oder Verzweiflung zu spüren und
zeitweise Unverständnis.
Die Frage nach dem Sinn drängte sich unbeantwortet
zwischen das Chaosgeflecht meiner Gedanken.
Mich wiegend, schüttelnd, polternd, tanzte und tanze ich

mich durch die Schwere.

Ich hätte das Dunkel manchmal gern betäubt oder ausgelöscht.

Dann hätte ich aber auch das Licht gelöscht.

Nach vielen Tänzen, vielleicht auch Körperverdrehungen, taucht dann wie aus dem Nichts unerwartet Licht am Horizont auf.

Manchmal ein Aha-Erlebnis, ein „ach so, deshalb ist dieses oder jenes passiert!", ein „ach so, jetzt verstehe ich, warum der oder die sich so verhalten hat."

Und in mir wächst unsichtbar innere Stärke, gewappneter als noch gerade eben für zukünftige Krisen.

Federnd, schwebend und luftig spüre ich in der Bewegung die Leichtigkeit des Lichts.

Der Frieden und mein Glück beginnen jetzt in meinen Gedanken Pirouetten zu drehen.

Der heiligste Ort ist, wo Hass in Liebe verwandelt wird! In mir!

Bewusst wird mir das immer, wenn ich in Bewegung bin, im Tanz mit mir und der alten Erde verbunden.

Gezählte Tage schenken mir eine Ewigkeit. Die möchte ich nutzen für den Frieden in mir.

Gedanken fließen am besten, wenn ich in Bewegung bin. Mit leisen Schritten schwebe ich leichtfüßig durch den Raum der Stille mit lauter Musik um mich herum.

Bilder entstehen vor meinem inneren Auge.

Wie in der Kunsthalle betrachte ich sie von allen Seiten. Ich atme Bilder, ich atme jegliche Kunst, ohne viel über den Künstler zu wissen. Und dennoch verstehe ich sie, wie ich meine Freundinnen verstehe. Ich fühle Kunst.

Manchmal weine ich, weil sie mich in meinem Innersten berührt.

Ich weiß wenig über die Epoche, aus der die Skulptur oder das Bild stammt, weiß nichts über Namen, Berühmtheiten und über Jahreszahlen.

Ich weiß nur, dass Kunst mich beflügelt, beseelt,
bewegt, mich zur Kreativität anregt. Sie lässt meinen
Alltag leichter werden, macht mich leichter, obwohl sie
mich volltankt, randvoll mit Energie.
Diese Energie schenkt mir auch der Gang durch meine
Gedankenkunsthalle. Im Tanz.
Ich tanze, weil ich lebe.
Ich lebe, weil ich tanze.

Gudrun Schultz-Pohlen

Ungebetene Gäste

Wer kennt sie nicht? Die ungebetenen Gäste! Meist kommen sie, wenn man absolut nicht mit ihnen rechnet. Sozusagen ahnungslos irgendeiner Beschäftigung nachgeht und dann aus allen Wolken fällt, weil entweder die Wohnung aussieht wie bei Hempels, man mitten am Tag fernsieht, statt zu arbeiten, oder abgekämpft nach Hause kommt und nun nichts und niemanden hören und sehen will, weil das Buch gerade spannend ist und eine Unterbrechung unpassend wäre oder weil morgens das Bett mit einem spricht und einen zum Verweilen überredet hat, trotz massiver Widerstände:
„Ist doch Wochenende. Bleib einfach liegen. Ist gerade so schön warm hier und gemütlich. Du hast keinen Termin. Den Kaffee kannst du auch im Bett trinken. Steh kurz auf, koch ihn dir und dann wieder ab in die Falle."
Man kommt dem Wunsch des Bettes nach und wird dann vom „Ding Dong", oder wodurch auch immer sich die Störung bemerkbar macht, aus der Bahn beziehungsweise dem Bett geworfen.
Wer kennt das nicht? So ähnlich empfinde ich meine ungebetenen Gäste. Ich weiß, dass es unhöflich ist, so über sie zu denken, doch ich kann es nicht ändern, kann meine Gedanken und meinen Unmut nicht abschalten, meine Haltung ihnen gegenüber kaum verändern.
Jeden Tag aufs Neue sind sie ungefragt da. Ich habe keine Ahnung, wann und wo sie auftauchen. Es wirkt, als würden sie mir auflauern, was sicherlich unsinnig und unzutreffend ist. Ich sehne mich nicht nach ihnen. Manchmal sitze ich tiefenentspannt auf dem Steg am See, starre Löcher in die Luft, bin dankbar für die Ruhe, die mir gerade geschenkt wird und die ich gern annehme. Dann plötzlich mischen sie sich einfach ein, ich möchte fast sagen,

mischen sich unter die Ruhe, unter meine Ruhe, unter meine Haut, wie die Sahne im Kaffee, die sich in der Tasse langsam ausbreitet, bis sie aus dem schwarzen Gebräu ein Mischgetränk gemacht hat.

Was wird aus mir? Ein unruhiger Haufen.

Die Ungebetenen kommen offensichtlich unsichtbar und überhörbar über den Steg daher, es scheint mir fast, als kämen sie aus dem Wasser, von unten aufsteigend sozusagen. Transparent. Um mich herum scheint sie auch niemand zu bemerken. Sie stören andere offensichtlich nicht. Nur mich. Ich kann auch nicht behaupten, dass sie mich lärmend bedrängen. Nein, es ist ihr bloßes Auftauchen, Ihre Anwesenheit in immer unpassenden Momenten. Vielleicht sollte ich immer ein Schild mit mir herumtragen: Bitte nicht stören! In der Tat bezweifele ich, dass sie darauf Rücksicht nehmen würden.

Ein andermal hetze ich von Termin zu Termin, stehe atemlos in irgendeinem Treppenhaus und spüre, dass ich selbst hier nicht sicher vor ihnen bin. Ich möchte sie ignorieren, sie auf jeden Fall nicht freundlich begrüßen, habe aber gelernt, dass es keine Rolle spielt, wie meine Begrüßung ausfällt. Sie suchen mich nicht weniger häufig auf, so scheint es mir jedenfalls. Hier im Treppenhaus während meiner Arbeit rechne ich doch nicht mit Bekannten, die mir begegnen könnten:

„Oh, das passt mir gerade gar nicht!

Ich habe überhaupt keine Zeit!

Muss weiter!

Hallo und Tschüss!

Doch alles Gesagte, Gedachte wird ignoriert. Vielleicht muss ich noch deutlichere Signale oder Worte des Missfallens finden. Trotz meiner Taktlosigkeit werde ich sie nicht los. Bis eben fühlte ich mich noch frisch und wohl. Doch nach den unerwarteten Begegnungen spüre ich nun Stresssymptome. Wild fuchtele ich mit meinen Armen in der Gegend herum, bekomme Schnappatmung, fächele mir Luft zu und rege mich auf. Mein Herz beginnt schneller zu schlagen, meinen Puls spüre ich am Hals. Ich fühle mich wie ein wütendes „HB Männchen" aus der Fernsehwerbung der 60er/70er Jahre oder wie das Rumpelstilzchen aus Grimms Märchen, nachdem des Müllers Tochter seinen Namen erraten hatte.

Ich möchte es diesem Männchen gleichtun. Mit dem Fuß wütend aufstampfen und schreien: Lasst mich endlich in Ruhe! Stattdessen verhalte ich mich kultivierter, gestikuliere zwar etwas wirr, schüttele meinen Kopf, bemühe mich aber um angemessene Haltung und sehne mich nach einer Auszeit! Weg von hier, von meiner Arbeit, weg von ihnen.

Wie kann es sein, dass ich so unfassbar oft diesen Nervensägen ausgesetzt bin, die mich derart aus dem Konzept bringen, dass ich, ein sonst eher geduldiger und verständnisvoller Mensch, wie ein Karpfen nach Luft schnappe.

Auch war es mir bisher nicht möglich herauszufinden, welchen Gesetzmäßigkeiten die Begegnungen unterliegen. Tauchen die Unliebsamen vermehrt auf, wenn ich Freizeit habe oder mehr auf der Arbeit, eher tagsüber oder in den Abendstunden? Oder, oder, oder. Noch sind sie mir ein Rätsel. Für mich unlösbar und unberechenbar.

Ich mag allerdings auch keine Spinnen.

Was haben denn Spinnen damit zu tun? Da gibt es doch nun wirklich keinen Zusammenhang!

Oh doch. Spinnen tauchen still und plötzlich auf, sind einfach da. Kein Geräusch oder Geruch kündigt sie an. Wie meine Unruhestifter. Das sind doch schon eine Menge Übereinstimmungen.

Sie kommen wie aus dem Nichts, lautlos und rasant, meistens nicht allein. In der Gruppe fühlt man sich bekanntlich stark. Ich muss sie hinnehmen, weiß, dass ich sie nicht abschütteln kann. Wenn ich einer Gruppe Halbstarker begegne, die demonstrativ die Breite eines Fußweges einnimmt, gehe ich mitten durch, weiche ihnen bewusst nicht aus, lasse sie stattdessen ausweichen, mir Platz machen. Ich will ihnen keine Macht geben. Selten fühle ich mich in meinem Leben einer Situation hilflos ausgesetzt. Angriff ist manchmal die beste Verteidigung. Doch bei meinen Plagegeistern helfen mir solche Sprüche nicht weiter. Wie sollte ich sie angreifen, wenn ich jedes Mal von ihnen überrascht werde. Ich kann mich einfach nicht auf sie einstellen, weil ich sie nicht kommen sehe. Ich denke an nichts Böses, doch wie aus dem Nichts sind sie da. Selbst wenn ich ihnen nur ein Minimum an Aufmerksamkeit schenke, ändert es nichts an ihrer Aufdringlichkeit.

Ich könnte mich nicht so verhalten! Wenn ich spüre, dass ich irgendwo unerwünscht aufgetaucht bin, verabschiede ich mich so schnell wie möglich und lass mich dort unaufgefordert vorerst nicht wieder blicken. Ja, wir sind eben alle unterschiedlich.

Bin ich in Gesellschaft und meine Störenfriede erscheinen, finde ich es manchmal beschämend, möchte im Boden versinken und erröte. Jeder kennt solche Situationen. Man befindet sich in einem angeregten Gespräch, vielleicht mit der Lehrerin seines Sprösslings, möchte sich und den Sohn im besten Licht dastehen lassen, da kommt plötzlich die Nachbarin um die Ecke, begrüßt einen überschwänglich, schneidet gar nicht mit, dass sie hier gerade ein wichtiges Gespräch stört, stellt stattdessen so ganz nebenbei die Frage, ob der Sohn heute schulfrei hätte, weil er doch in der letzten Nacht erst gegen fünf Uhr morgens heimgekommen sei. Was soll man da an einem schulpflichtigen Tag sagen? Im Erdboden möchte man versinken. So geht es mir mit meinen Plagegeistern. Wie können sie es wagen, mich in jeder Lebenslage aufzusuchen? Ich empfinde sowohl eine freundliche Begrüßung als auch eine ignorierende Haltung ihnen gegenüber als unangemessen. Eigentlich ist es völlig egal, wie ich mich verhalte. Sie bleiben mir treu. Ich habe es auch schon mit einer Taktik probiert, um einen besseren Umgang mit ihnen zu finden. Manchmal tue ich so, als gehörten sie zu mir, als hätte ich sie erwartet, als seien wir verabredet, als seien wir ein Team. Ich tue so, als störten sie mich nicht im Geringsten, auch wenn ich innerlich koche. Hat aber auch nicht funktioniert und mich nicht vor ihrem erneuten Auftauchen geschützt. Vertane Liebesmüh sozusagen.

Nur meiner Familie und meinen engsten Freundinnen mute ich meinen Unmut zu:

Nicht schon wieder! Jetzt habe ich aber die Faxen dicke! Wann lassen sie mich endlich zufrieden? Gestern noch dachte ich, nun hätte ich Ruhe vor ihnen, schon tauchten sie wieder auf! Kann mir einer sagen, was ich falsch mache? Wie gehst du mit solchen Situationen um? Niemand antwortet. Weder meine Mutter, noch meine Geschwister. Stattdessen erhalte ich mitleidige Blicke.

Bitte? Ich will kein Mitleid! Ich will nicht länger belästigt werden. Wahrscheinlich denken einige, ich solle mich doch dankbar schätzen, so häufig Besuch zu bekommen. Bin ich aber nicht. Vielleicht bin ich eher ein Gewohnheitstier? Alles soll schön so bleiben wie es immer war. Darüber sollte ich mal nachdenken.

Manchmal nehme ich mir gleich nach dem Aufstehen vor, einmal alle ungebetenen Gäste des heutigen Tages zu zählen. Dabei vergesse ich, dass es wenig förderlich für meine gute Stimmung ist, den Fokus auf so viel Negatives zu richten. Das tut mir natürlich nicht gut. Schon beim Frühstück bin ich bei 12 gelandet. 12 Störungen. Das kann nicht sein, mag der eine oder andere denken? Doch, ich übertreibe nicht. In mir tobt ein Vulkan.

Meine Alltagsroutine lässt nicht zu, dass ich gegen Mittag eine verlässliche Zahl der Unruhestifter nennen kann. Unzählige Dinge muss ich beruflich erledigen und mir währenddessen jede Störung bewusst machen. Das ist zu viel für mich. Viele Störungen sind im Gewusel untergegangen, habe ich nicht mitgezählt. Also verwerfe ich den Plan. Langsam bin ich der Verzweiflung nahe. Früher hatte ich keinen Stress mit dieser Art der unerwünschten Begegnungen. Es kommt mir vor, als seien sie neu in mein Leben installiert worden. Als hätte man mir einen Magneten implantiert. Natürlich ungefragt. Also nicht wie bei einer Organspende, bei der der Empfänger hoffnungsfroh dem neuen Organ entgegenfiebert, es freudig erwartet. Der Implantation schriftlich und mündlich zugestimmt hat. Nein, heimlich implantiert, wie in irgendwelchen Sciencefiction Filmen.

Auch wenn man es mir nicht glauben möchte, aber ich habe wirklich schon einen Arztbesuch wegen meines Problems in Erwägung gezogen. Nicht, um zu fragen, ob da unlängst mal heimlich bei mir unter Vollnarkose was gemacht worden wäre, nein, ich bin doch nicht dumm.

Zwar habe ich häufig erlebt, dass ein Mediziner mir nicht in jeder Lebenslage helfen konnte, doch einen Versuch ist es vielleicht wert. Ich merke, dass ich von Tag zu Tag nervöser werde. Sogar mein Schlaf wird seit Monaten, nein, wenn ich ehrlich bin seit Jahren aufgrund meiner inneren Unruhe zunehmend gestörter.

Die Frage ist, was erwarte ich vom Arzt, beziehungsweise von einer Ärztin? Eine Pille gegen ungebetene Gäste? Wenn ich ihm oder ihr das sage, händigt man mir wohlmöglich eine Überweisung in die Psychiatrie aus. Das kann unmöglich mein Ziel sein. Möchte ich Beruhigungstabletten, um allgemein mit Störungen in meinem Leben und insbesondere mit meinen Plagegeistern besser umgehen zu können? Hopfen und

Beruhigungstees aller Arten habe ich in den vergangenen Monaten selbstverständlich ausprobiert, sobald ich merkte, dass mich die Bedränger nachhaltig kribbelig machten. Erfolglos! Will ich Medikamente wegen unliebsamer Begegnungen nehmen? Ich bin noch nicht so weit. Wahrscheinlich muss mein Leidensdruck noch größer werden. Den Arztbesuch verschiebe ich.

Was täten Männer in meiner Situation?

Männer sitzen häufig lästige Themen oder Konflikte aus.

Wenn das mal so einfach wäre.

Erstens könnte ich meiner Arbeit nicht mehr nachgehen, bliebe ich einfach sitzen. Was würde meine Vorgesetzte dazu sagen?

Zweitens bin ich kein Mann, sondern eine Frau. Eine Frau, die fast zwanghaft Probleme angehen muss, sie nicht links liegen lassen kann.

Drittens können Männer diese Art Konflikt, die mich plagt, in keiner Weise beurteilen, bestimmt auch nicht aussitzen, da sie das Phänomen gar nicht kennen.

Oder gibt es Männer, die unter ungebetenen Hitzewellen leiden?

Elmer Schmidt

Das Herz aus Holz

Ich war natürlich wieder Erster. Aber so hatte ich mehr
Zeit und konnte mich in Ruhe auf alles vorbereiten. Einen
Parkplatz ziemlich dicht und günstig zum Ausladen. So
hatte ich es nicht weit zu meinem Platz.
Kurz darauf kam Jürgen. Ich wünschte, ich hätte so eine
Gelassenheit wie er. Er schaute sich um und setzte sich.
Das war für ihn wohl erst einmal das Wichtigste. Alles im
Blick.
Das Wetter war super und versprach den ganzen Tag
Sonne. Wir hatten unsere Stände weiter vorn auf den
Gehweg aufgestellt, so dass die Leute fast über unseren
Stand stolperten. Ich packte meine handgefertigten
Holzfiguren aus und war noch beim Dekorieren, als eine
Frau mich ansprach, was meine Weihnachtsbäume
kosten. Da ich die Preise nicht auswendig wusste, machte
ich sie schlau, indem ich ihr sagte, dass die Preise am
Boden der jeweiligen Figur klebten. Sie brauchte die zwei
Weihnachtsbäume als Dekoration für ihr Schaufenster.
Kurz darauf kam ein Ehepaar und fragte nach den zwei
kleinen Hasen. Wofür braucht jemand kurz vor
Weihnachten zwei Holzhasen? Die Frau hat in Kürze eine
Ausstellung im Rathaus über Hasenbilder. Ich war platt.
Dass ich die Hasen verkaufen würde, hätte ich nie
gedacht. Die hatte ich nur mitgenommen, um sie
zwischen meinen frischgepflückten grünen
Tannenzweigen zu platzieren. Wenn das mit dem Verkauf
so weitergeht, muss ich aufpassen, dass mir der Tisch
nicht abgekauft wird. Der war auch aus Holz.
Ich ging jetzt meiner Lieblingsbeschäftigung nach,
Menschen beobachten, als ich geradeaus in kurzer
Entfernung eine Familie sah, die an einem Gartentisch
Grillwürstchen aßen. Hinter der Frau lugte ein kleines

Mädchen hervor, das mich fixierte. Als sie sah, dass ich sie bemerkte, verschwand sie hinter ihrer Mutter. Ich vergaß sie und widmete mich wieder den Menschenmassen, als sie plötzlich vor mir stand. Sie hielt ihren Kopf etwas schräg, hatte die Hände hinter ihrem Rücken verschränkt und die Schultern etwas angezogen, wohl um ihren Kopf zu schützen. Ihre großen blauen Augen schauten mich prüfend an. Die Zahnfee hatte schon einen ihrer Schneidezähne mitgehen lassen.

„Na, wie geht es Dir?" fragte ich blöd. Mir fiel in der Kürze nichts besseres ein, als sie sich umdrehte und mit tapsigen Schritten wieder hinter ihrer Mutter verschwand. ‚So blöd war die Frage nun auch wieder nicht', dachte ich. Als ich später zum Tisch schaute, war die Familie verschwunden und ich vergaß die Sache. Weil mir der Rücken langsam weh tat, setzte ich mich auf meinen Stuhl, als ich durch Kindergeschrei aufgeschreckt wurde.

Meine neue kleine Freundin schrie fürchterlich, dass es mir durch Mark und Bein ging. Ihre Mutter beugte sich zu ihr runter und versuchte sie zu beruhigen.

Ich kann es nicht ertragen, wenn Kinder weinen. Wer hatte ihr was getan? Wie kann man einem so lieben Wesen wehtun? Hatte sie sich verletzt?

Kurz entschlossen nahm ich ein kleines Holzherz von meinem Tisch, kratzte den Preis ab und ging zu ihr. Sie schrie immer noch und sah mich mit ihrem tränenüberströmten Gesicht an. Ich streichelte ihr über den Rücken und sagte:

„Wenn du groß bist, hast du das alles vergessen", und gab ihr das Holzherz. Sie hielt das Herz mit beiden Händen fest und schaute mich schluchzend an.

„Das gibt es wohl nicht", sagte ihre Mutter überrascht, „wir waren eben beim Basteln in der Bank, als sie mir sagte, sie wolle raus um sich ein Holzherz zu kaufen.

Dabei bemerkte sie, dass sie ihre Geldbörse verloren hatte
und da war das Geschrei groß. Vielen Dank, auch, dass
sie ihr ausgerechnet das Herz geschenkt haben. Wir
gehen noch einmal zurück und suchen die Börse."
Kurze Zeit später berichtete die Mutter, dass sie die
Geldbörse gefunden hatten.
Meine kleine Freundin habe ich nicht wiedergesehen,
aber ich denke, es geht ihr gut.

Die Autoren stellen sich vor

Elisabeth Albert: Geboren in der Kriegszeit, verbrachte sie ihre Jugend auf einem Bauernhof in Ostholstein. Sie lernte einen landwirtschaftlichen Beruf und lebte und arbeitete viele Jahre auf dem Lande. Dann gab sie ihrem Leben eine völlig andere Wendung. Sie studierte Medizin, machte eine Facharztausbildung, und arbeitete mit großer Leidenschaft in diesem Beruf. Gleichzeitig begann sie, die Welt zu bereisen. Die verschiedenen Stationen haben sie geprägt und finden sich in ihren Texten wieder.

Sie schreibt am Liebsten Kurzprosa, wobei sie ihren Themenkreis weit faßt: Landesgeschichte vom Mittelalter bis zur Neuzeit, die wechselvolle Geschichte ihrer Familie, das Leben auf dem Dorf, Tiergeschichten, Begebenheiten aus ihrem Arztberuf und vielfältige Begegnungen mit fremden Kulturen gehören dazu.

Jürgen Baasch, geb. 1945, war bis 2004 Bürgermeister in Bordesholm. Neben seinen zahlreichen ehrenamtlichen Tätigkeiten leitet er seitdem Seminare in Plattdeutsch und Kurse zur Biografie Erstellung und die Schreibwerkstatt im Turm.

189

Andrea Böckmann 1966 in Neumünster geboren. Seit vielen Jahren im Hamburger Speckgürtel zu Hause. Eine kurze Lebensepoche hat sie nach Bordesholm verschlagen, wo sie den Weg zur Schreibwerkstadt gefunden hat. Ein Kopf voller Kreativität und Geschichten lässt kein Platz für Langeweile. Nach langer Selbständigkeit als Fotografin, bestimmen nun Malen, Zeichnen, Nähen, Aufarbeitung alter Möbel und insbesondere das Schreiben von Gedichten, Geschichten und kleinen humoristischen Dialogen ihr Leben.

Ingrid Brandenburger wurde 1941 auf dem Bauernhof ihrer Eltern in Ostholstein geboren, wo sie aufwuchs und ihre Prägung fand. Als Erwachsene lebte sie in Kiel oder im Kieler Umland.
Nach ihrer Berufstätigkeit in einer Apotheke und später im Pharmaaußendienst genießt sie jetzt ihren Ruhestand. Seit einigen

Jahren widmet sie sich außer dem Schreiben noch einem weiteren Hobby, der Acrylmalerei.

Gisela Eichholz, geb. 1950 in Ostfriesland, lebt seit 1990 in ihrer Wahlheimat Schleswig-Holstein. Erst im Ruhestand, nach lang-jähriger Berufstätigkeit als Dipl.-Sozialpädago-gin und Supervisorin, hat sie ihre Freude am Schreiben literarischer Texte entdeckt. Sie mag die Menschen, Landschaft und Pferde in Schleswig-Holstein und sie geht gerne auf kulturelle Streifzüge zwischen Nord- und Ostsee.

Cornelia Eiselt, geb. 1959, lebt seit zwölf Jahren in Bordesholm und unterrichtet an einer Gemeinschaftsschule in Neumünster. Sie schreibt gerne Tagebuch und Gedichte. Um sich mal mit anderen Texten auszuprobieren, nimmt sie seit Anfang des Jahres an der Schreibwerkstatt teil.

Regina Gay wurde 1944 in Pommern geboren und lebt, nach etlichen Umzügen in der Kindheit, seit 1968 in Annenhof, einem Hof, den sie gemeinsam mit ihrem Mann bewirtschaftete. Seit ihrem Ruhestand nimmt sie an der Bordesholmer Schreibgruppe teil und besucht Schreibworkshops am Meer.

Brigitte Gehlhaar, geb.1952 in Bouny / Belgien in den Ardennen Walloniens. Seit langem ist sie Zuhause auf dem platten Land in Schleswig-Holstein: zunächst 30 Jahre in Kiel, nun schon über 30 Jahre in Neumünster.

Beruflich war sie in der Modebranche, im Theater und bei der Lebenshilfe tätig. Seit der Berentung besucht sie diverse Schulungen, um für ihre Hobbys und Interessen dazuzulernen.

Bernd Lohse, geb. 1956, war bis zu seiner Pensionierung im Jahr 2017 Polizeibeamter. Zuletzt leitete er als Polizeidirektor die Polizeidirektion Neumünster und war dort für die Schutz- und die Kriminalpolizei verantwortlich. Er wohnt seit über 30 Jahren in Bordesholm. Seit seinem Ruhestand schreibt er gemeinsam mit anderen Autoren die Bordesholmer Regionalkrimis."

Traute Lütje, geb. 1942 in Neumünster, verheiratet, drei Kinder, wohnhaft in Boostedt, hat sich nach einem umfangreichen Berufsleben der Schriftstellerei gewidmet, um ihre Freizeit sinnvoll zu nutzen. Schon als Kind begeisterte sie die Kunst des Vaters, der auf die Schnelle seinen

Einfallsreichtum in Geschichten ummünzte. Kinderbücher waren eine Rarität, doch forderten vier kleine Krabben ihr Recht auf Unterhaltung.

Lustiges, Schräges, Gefühlvolles, aber auch Gruseliges umfassten seine Erzählungen. Dieses Kindheitserlebnis sprang auf die Autorin über und wurde zum Leitfaden ihrer neuen Tätigkeit.

Christel Otto, geb. 1949 in Neumünster und dort auch wohnhaft.

Ihre Interessen sind das Theater und das Schwimmen und seit knapp einem Jahr auch das Schreiben von kleineren Geschichten.

Norbert Prätorius, wurde 1957 in Schönkirchen geboren,
wuchs in Heikendorf auf und wohnt jetzt in Wattenbek.

Seit 45 Jahren beruflich im Versicherungswesen aktiv ranken sich seine Geschichten jedoch gerne um die Themen Sport, Musik und gelegentlich auch etwas auf Platt.

Gudrun Schultz-Pohlen, Schleswig-Holsteinerin seit 1958, Sozialarbeiterin, Mutter, Bewegungs-, Natur- und Wortliebhaberin hüpft meist fröhlich durchs Leben, seit einigen Jahren auch durch die Schreibwerkstatt in Bordesholm.

Elmer Schmidt ist in 1948 Hamburg geboren und bis kurz vor seinem 18. Lebensjahr dort aufgewachsen. Fuhr dann 5 Jahre weltweit zur See. Absolvierte 8 Jahre in Boostedt die Bundeswehr um sich in Kiel weiterzubilden und dort als staatlich geprüfter Medizintechniker zu arbeiten. Heute lebt er zufrieden in Schleswig - Holstein bei Kiel auf dem Lande.

Aus der Schreibwerkstatt im Turm erschienen:

Nordlicht
Heimatgeschichten
Biografische Reihe
Herausgegeben von Jürgen Baasch
ISBN 978-3-7357-7572-6   180 Seiten   Preis   9,90€

Menschen und Märkte
Texte von 10 Autoren aus Bordesholm und Umgebung
Herausgegeben von Jürgen Baasch
ISBN 978-3-7393-4090   280 Seiten   Preis   10,99€

Angekommen?
Autobiographie
Von Gudrun Schultz-Pohlen
ISBN 978-3-7392-1469-2   204 Seiten   Preis   12,90€

Familienbande
Herausgeber Jürgen Baasch
Von Jürgen Baasch, Elisabeth Albert, Christa Bollert,
Ingrid Brandenburger, Gisela Eichholz, Regina Gay,
Traute Lütje, Thorsten Schönberg und Gudrun Schulz-
Pohlen
ISBN 9 783744 833202   224 Seiten   Preis   12,00€

Jakobsweg... den gönnen wir uns
Herausgeber Jürgen Baasch
Von Elmer Schmidt
ISBN 978-3746757193 120 DIN A4 Seiten   Preis   30,99€

Kalendergeschichten 2018
Von Elisabeth Albert, Jürgen Baasch, Ingrid
Brandenburger und Thorsten Schönberg
ISBN 9 783746 037066   140 Seiten   Preis   9,90€

Wendepunkte
Von Jürgen Baasch, Elisabeth Albert, Ingrid
Brandenburger, Gisela Eichholz, Regina Gay, Traute Lütje,
Norbert Prätorius, Thorsten Schönberg und Gudrun
Schultz- Pohlen
Herausgeber Jürgen Baasch
ISBN 2 000038883239   Preis   9,90€

NOTIZEN

Bordesholmer Edition
Eine Reihe für Autoren von Bordesholm und Umgebung
Herausgeber: Jürgen Baasch und Hartmut Wiedling (†)

Herstellung und Verlag:
BoD – Books on Demand, Norderstedt
ISBN: 978-3-7504-2797-6